소년소녀 × SF

별 별 사이

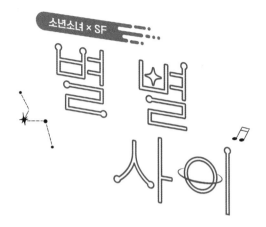

소년소녀 × SF

별 별

사이

김동식

김주영

전삼혜

홍지운

우리학교

차 례

별 별 사이

김주영

김주영　　2000년에 우리나라 초기 SF 소설 『그의
이름은 나호라 한다』를 출간했다. 『열 번
째 세계』로 제2회 황금드래곤문학상을 받았고, 『시간 망
명자』로 제4회 SF어워드 장편 부문 대상을 받았다.
지은 책으로는 장편 소설 『완벽한 생존』, 단편집 『이 밤의
끝은 아마도』, 『보름달 징크스』, 동화 『공포의 과학 탐정
단』, 함께 지은 책으로는 『전쟁은 끝났어요』, 『아직은 끝이
아니야』, 『U, Robot 유, 로봇』 등이 있다.

새벽에 일어나 눈을 비비며 안방 문을 열었다. 아무도 없이 텅 비어 있었다. 엄마와 연락이 끊긴 지 오늘로 일주일째다. 회사에 연락해 보니 휴가 중이라고 했다. 딸인 나도 모르는 휴가라니. 이로써 확실해졌다. 엄마는 집을 나갔다.

집을 나가다니.

젠장. 언젠가는 이런 날이 올 줄 알았다.

엄마는 보안 기술자다. 옛날에 온라인에서 엄청 유명한 해커였기 때문에 지금도 팬이 많다고 나에게 주장하는데, 믿기진 않는다. 내가 보기엔 그냥 한곳에 꾸준히 붙어 있는 성실함이 절대적으로 부족한 직장인이다. 게다가 갈수록 점점 수상한 직장으로만 옮겨 다니는 듯하다.

이번에 새로 직장을 옮긴 뒤엔 대부분 해가 떨어질 때 집을 나가 새벽이 밝아 올 때쯤 들어오곤 했다. 가끔 술 냄새까지 풀풀 풍겼고, 하루 이틀씩 집에 들어오지 않는 일도 자주 있었다. 최근에는 "해서는 안 될 일은 어떤 경우에도 하지 마라."라는 잔소리까지 심해졌다. 특히 청소년 사이에 유행인 보디 스캔본 불법 판매 같은 일에는 절대 엮이지 말라고 몇 번이나 잔소리를 늘어놓았다. 진지하게 말하는 모습이 꼭 집을 나가기 전에 마지막 당부라도 하는 것처럼 의미심장해 보였다. 그래서인지 그 잔소리를 들을 때마다 엄마가 당장 나를 버리고 사라지더라도 이상하지 않을 것 같다는 생각이 들었다.

그런데 기어이 그런 일이 생기고 말았다.

'오늘부터 나는 고아다.'

안방의 빈 침대를 보며 속으로 비장하게 말해 보았다. 그런데 우스울 정도로 별 느낌이 없었다. 원래 고아나 마찬가지였으니까, 뭐. 엄마와는 새벽에 간신히 얼굴만 보는 사이였고, 집안일을 포함해 나를 돌보는 일은 전부 홈 케어 시스템이 해 왔다. 즉 엄마가 없어졌다고 해도 생활에 불편함은 전혀 없었…… 아니, 없을 수가 없다!

홈 케어 시스템 중에서 가장 중요한, 돈을 지급하는 기능은 엄마만 사용할 수 있다. 먹을거리나 물건을 살 때도, 인터넷 서비스를 추가로 쓸 때도 엄마의 인증이 필요했다. 이제는 '없는' 엄마의 인증 말이다.

욕이 터져 나왔다. 그런데 정작 입에서는 욕 대신 음악 교과서에 나오는 우스꽝스러울 정도로 건전한 노래가 흘러나왔다. 그리고 눈앞으로는 세상에서 제일 끔찍한 벌레들이 우르르 쏟아지기 시작했다. 학교에서 욕을 했다는 이유로 징계받은 뒤에 설치된 '바른 말 고운 말 프로그램'의 필터가 실행되었기 때문이다. 부아가 치밀어서 아까보다 더한 욕을 퍼부은 덕분에 또다시 우스꽝스러운 노랫소리와 함께 끔찍한 벌레들의 폭포가 눈앞에 나타났다. 욕을 제대로 못 하니까 속이 터져 죽을 것 같았다. 나만 그런 게 아니라 이 징계를 받은 애들은 다 그랬다.

'바른 말 고운 말 프로그램'은 어느 고등학생이 개발했다. 쌀알보다 더 작은 인체 일체형 통신 기기를 몸속에 넣어 사용하는데, 기기를 통해 뇌의 신호를 바로 주고받을 수 있다. 본래는 시각이나 청각 같은 감각이 정상으로 기능하지 않는 사람들을 위해 개발한 기술인데, 그걸 이렇게 사악한 용도로 활용하는 것이다. '바른 말 고운 말 프로그램'이 욕설을 인식한 뒤 필터를 실행하면 끔찍한 벌레 영상이 뇌로 전송된다. 조금 전에 본 벌레 폭포는 실제로 쏟아지는 것이 아니라 뇌가 보여 주는 영상이다. 입에서 흘러나온 망할 놈의 노래도 프로그램이 보내온 신호에 따라 뇌가 제멋대로 운동 신경을 움직인 결과다.

그런데 이렇게나 끔찍한 프로그램을 개발한 그 자식은 오히려 교육부 장관에게서 상을 받았다. 시상식에서는 친구들이 고운 말을 많이 쓰면 좋겠다는 마음으로 개발했다며 자랑스러운 표정까지 지었다. 욕은 한 번도 안 해 본 것 같은 하얗고 곱상한 면상이었다. 분노가 치밀어서 그 얼굴을 강판에 박박 갈아 버리고 싶었다. 그 자식 때문에 고운 말을 많이 쓰기는커녕, 욕을 시원하게 못 해서 화병에 걸리는 청소년만 늘어났으리라고 확신한다. 그중 하나가 바로 나일 테고.

분노가 가라앉는 동안 다시 홈 케어 시스템 문제로 생각이 돌아왔다. 홈 케어의 지급 기능을 사용하지 못하면 먹는 일이 제일 문제다. 아침은 원래 먹지 않으니까 상관없고, 점심은 학교 급식이 있다. 문제는 저녁이다. 며칠은 어찌어찌 넘긴다 해도 계속 굶을 수는 없다. 게다가 사고 싶은 물건은 언제나 차고 넘친다. 게임 아이템 구입은 또 어쩌고.

하아. 한숨을 내쉬고는 일단 학교에 가기로 했다. 나는 전 과정 오프라인 학급 소속이다. 부모님이나 할머니 할아버지, 양육 도우미, 양육 로봇 등등 집에서 돌봐 줄 누군가가 없는 애들이 주로 전 과정 오프라인 학급에 다녔다. 처음에는 엄마와 새벽에 간신히 얼굴만 보며 지내는 내가 이 반에서 가장 불쌍한 줄 알았다. 그런데 내 처지는 하소연하기조차 부끄러운 수준이었다. 어쨌든 엄마는 나를 적당히 먹여 살리고 키우긴 했으니까.

우리 반에는 아르바이트로 돈을 벌어 부모를 먹여 살리는 애들도 많았다. 형편이 어렵거나 부모가 아파서 어쩔 수 없는 경우는 양반이었다. 아예 없는 편이 나을 것 같은 부모도 흔했다. 애들마다 별별 끔찍한 사정이 다 있어서 나중에는 무슨 일이냐고 물어보기가 무서울 정도였다. 그래도 긍정적인 점은 다들 인생 경험치가 높다는 거였다. 꽃길만 걸어온 사람은 알 수 없는 별 희한한 일을 잘 아는 애들이 많았다. 그러니까 홈 케어 시스템의 지급 기능을 사용하지 못하는 문제를 해결해 줄 애도 분명히 한 명은 있을 거다. 그렇게 생각하니 마음이 한결 가벼워졌다.

우선 교복을 입었다. 반드시 교복을 입어야 하는 것은

아니지만 교복을 입으면 기분이 좋아진다. 일단 우리 학교 교복은 디자인이 꽤 괜찮았다. 선생들도 복장에는 그다지 깐깐하지 않아서 내 마음에 들게끔 교복을 수선해 입어도 별말 하지 않았다.

내 교복은 몸에 붙도록 수선했기 때문에 멋진 몸매가 잘 드러난다. 짧은 치마 아래로 보이는 길고 늘씬한 다리가 제일 마음에 든다. 그나마 엄마가 유일하게 물려준 좋은 점이다. 아니, 엄마가 물려줬다고 하긴 좀 그렇다. 엄마는 나와 달리 작달막하고 이목구비가 흐릿하니까. 긴 팔다리와 뚜렷한 이목구비는 러시아인인 외할머니에게 물려받았다. 엄마는 좋은 유전자가 전부 나에게만 갔다고 억울해했다. 그렇지만 내가 예쁘게 태어난 것을 싫어하진 않는 눈치였다. 입으로는 툴툴대면서도 사람들이 나를 예쁘다고 칭찬할 때면 언제나 자랑스러운 표정이었으니까.

젠장, 이런 생각을 하다 보니 엄마라는 여자가 보고 싶기도 하다. 어두워질 때 나가서 새벽에 들어오기를 반복하기 전까진 그래도 사이가 나쁘지 않았던 것 같은데.

오늘은 날씨가 좋다. 엄마는 집을 나가고 나는 고아가 됐지만, 세상은 그저 밝고 사람들은 다들 즐거워 보인다. 세상은 내가 어떻게 되든 아무 상관이 없는 듯하다. 사람들은 유명인들한테나 관심을 기울이고 좋아하겠지. 입에서 또 욕이 나왔다. 끔찍한 벌레들이 다시 우르르 눈앞으로 떨어졌다. 자꾸 보니까 이젠 익숙해져서 처음처럼 징그럽지는 않다. 떨어지는 벌레를 손으로 쿡쿡 찔러 보았다. 내 눈에만 보이고, 아무 곳에도 존재하지 않는 벌레. 이 세상에 존재감이 1도 없는 것이 나랑 비슷하다.

날씨가 너무 좋아서 기분이 나빠지긴 처음이다. 울적한 마음으로 걸어가는 내게 어떤 아저씨가 질척거리며 따라 붙었다. 보디 스캔 업자다. '세컨드 보디'를 디자인하는 데 필요한 신체를 스캔하려고 몸이나 얼굴 생김새가 괜찮은 사람들을 찾아다닌다.

세컨드 보디는 10년 전에 처음 나왔다. 처음에는 부자들만 사용했는데, 요즘에는 가격이 낮아져서 많은 사람이 유행처럼 사용한다. 초기에는 딱 봐도 가짜 사람이라는 게 티가 났지만, 요즘은 기술이 발달해서 진짜 사람과 구분하기가 힘들다.

세컨드 보디와 연결되려면 인체 일체형 기기에 앱을 설치해야 한다. 그런 다음 앱을 실행하면 세컨드 보디에 접속할 수 있다. '바른 말 고운 말 프로그램'처럼 연결 앱이 뇌와 신호를 주고받기 때문에, 세컨드 보디와 접속한 사람은 진짜 몸을 사용하는 것과 거의 비슷하게 모든 것을 느낄 수 있다. 시각, 냄새, 소리, 맛, 피부 감각까지 전부 생생하다. 실제 감각과 혼동해서 위험한 일이 생기는 경우가 많기 때문에 반드시 안전한 장소에서 세컨드 보디와 연결해야 한다.

진짜 몸은 안전한 상태로 두고 연결된 몸으로 무엇이든 해 볼 수 있어서 세컨드 보디는 인기가 많다. 공사처럼 위험하거나 힘든 일을 할 때는 거의 세컨드 보디를 사용한다. 나쁜 점은 범죄에 자주 이용된다는 거다. 경찰은 세컨드 보디가 시스템에 등록돼 있어서 전부 추적할 수 있다고 큰소리치지만.

어른들은 세컨드 보디에서 기능을 중요하게 여긴다. 고기능 세컨드 보디는 기능이 뛰어날수록 비싸다. 산업용으로 넘어가면 가격이 상상을 초월한다. 상대적으로 가격이 낮은 보급형 세컨드 보디는 기능보다 디자인이 더 중요하다. 예쁘지 않으면 팔리지 않아서 디자인하는 데 엄청나게 많은 돈이 든다. 그래서 보디 스캔 업자들은 싼값에 디자인을 얻으려고 괜찮아 보이는 외모를 찾느라 길거리에 죽치고 있다. 보디 스캔 동의서만 받으면 완전 헐값에 제법 괜찮은 디자인을 얻을 수 있기 때문이다.

우리 반에도 돈이 궁해서 보디 스캔 업자에게 보디 스캔본을 팔아넘긴 아이들이 제법 있다. 청소년은 이런 거래를 못 하게 되어 있지만, 사실 보급형 세컨드 보디는 어른들보다 애들이 더 선호한다. 세컨드 보디를 몰래 사다가 이런저런 짓을 해 보고 싶어 하는 애도 많고, 예쁘거나 멋진 세컨드 보디를 사용해 보고 싶어서 안달 난 애들은 더 널렸다. 그래서인지 청소년의 보디 스캔본을 불법적으로 사려는 업자는 늘 많았다.

"학생, 학생. 진짜 비싸게 쳐준다니까!"

업자가 끈질기게 따라왔다. 시큰둥하게 반응하면 어느 정도 따라오다가 떨어져야 하는데, 오늘따라 정말 귀찮게 군다. 그러잖아도 기분 안 좋은데. 떨어지라고 마구 욕을 해 댔지만, 입 밖으로 울려 퍼지는 건 재수 없는 노래요, 눈앞에 보이는 건 혐오스러운 벌레 폭포다. 진짜 화병 나서 죽을 것 같다.

"아, 꺼지라니까요."

다행히 꺼지라는 말은 필터에 걸리지 않는 모양이다. 간만에 속이 시원해졌다.

"이만큼 줄게. 어때?"

생각지도 못한 액수가 눈앞에 보였다. 긴 숫자를 끝자

리부터 세다가 나도 모르게 걸음을 멈췄다. 보디 스캔본은 대충 가격이 정해져 있다. 그 가격보다 비싸게 팔아 본 애가 우리 반에 있긴 하지만, 그건 업자가 친척이어서 웃돈을 받았기 때문이다. 그런데 방금 업자가 보여 준 액수는 그것보다 많았다.

"사기 아니에요?"

나는 통명스럽게 내뱉었다.

업자는 내가 흥미를 보이자 눈을 번득이며 달려들어 진짜라고 한참을 설명했다. 미성년자가 보디 스캔본을 거래하는 것은 불법이기 때문에 제대로 된 계약서는 기대할 수 없다. 내 몸 디자인이 어디서 어떻게 사용될지도 전혀 알 수 없다. 엄마는 사라지기 전까지 이런 업자를 조심하라고 누누이 강조하면서 잔소리를 해 댔다. 그 잔소리에 세뇌된 덕분인지 지금까지는 들러붙는 업자를 싹 무시했다. 그러나 오늘은 사정이 달랐다. 엄마 없는 하늘 아래, 혼자서 살아남아야 하는 처지니까.

"반액을 지금 바로 입금해 주세요."

조금 갈등하며 아무렇게나 내뱉었는데 업자가 고개를 마구 끄덕였다.

이 아저씨, 영 이상한데? 업자가 흥정도 없이 순순히 거래에 응하다니 미친 거 아냐?

너무 순순히 입금하겠다고 하니 의심이 들어 업자를 물 끄러미 바라보았다. 번들번들한 눈을 징그럽게 빛내는 여느 업자와 달리 웃는 얼굴이 순진해 보였다.

혹시 초짜인가? 초짜라면 등쳐 먹으면 되고, 사기꾼이라 해도 도망칠 길은 있었다.

나는 가짜 신분증으로 신분을 확인시켜 준 뒤 눈앞에 떠오르는 계약서에 사인했다. 내용은 제대로 읽어 보지도 않았다. 어차피 돈만 받고 튈 거니까.

"입금했으니까 확인해 봐."

전자 계약서에 인증 확인이 뜨자마자 업자가 말했다. 가짜 신분증으로 만든 계좌를 조회해 보니 정말 업자가 제안했던 돈의 반이 들어와 있었다. 심장이 두근거리기 시작했다. 사기를 치기엔 너무 큰 액수다. 나중에 잡혀서 감옥에서 평생을 썩는 건 아니겠지.

업자는 눈이 동그래진 나를 보며 해맑게 웃더니, 보디 스캔을 하러 올 장소와 시간은 나중에 다시 알려 주겠다고 말하고는 멀어져 갔다.

"뭐? 그렇게 비싸게 팔았다고?"

학교에서 내 얘기를 들은 아이들이 웅성거렸다. 아무래도 사기 같다는 둥, 악덕 업자라서 해코지하러 오지는 않겠냐는 둥, 음모가 있을 거라는 둥, 시궁창 길만 걸어온 애들답게 온갖 의심이 많았다. 나도 걱정이 아예 안 되는 건 아니었다. 그래도 지금은 눈앞의 일만 생각하고 싶었다. 엄마가 사라졌지만 당장 쓸 돈은 확보했으니 일단 만족스러웠다. 그래 봤자 몇 주 안에 다 써 버리겠지만.

"홈 케어 시스템의 지급 기능을 변경하려면 어떻게 해야 하는지 아는 사람 있어?"

나는 아이들이 진정하기를 기다렸다가 물었다.

"해킹해야 할걸? 근데 해킹 의뢰하려면 돈 들지 않아?"

누가 대답했다. 나머지 애들도 잘 모르긴 마찬가지였다. 집안을 먹여 살리는 애들이 많아서 대부분 지급 기능을 자기가 직접 사용하기 때문이다. 갑자기 꽃길만 걸어온 아이가 된 기분이었다. 그러고 보니 용돈을 받아 쓰는 애도 나뿐이긴 했어. 이런 썩을.

욕을 내뱉으려는 찰나 종이 울리고 애들이 우르르 흩어졌다. 오늘은 온라인 학급 애들도 등교해서 같이 활동하는 날이다. 교실 앞문이 열리더니 뽀얗고 곱상하게 생긴 온라인 학급 애들이 들어와서 자리를 잡았다. 담임은 온라인과

오프라인 학급 아이들이 서로 친해져야 한다며 일부러 짝을 지어 놓았다.

그런다고 친해질까. 이 애들과 우리가 사는 세상은 별과 별 사이처럼 까마득하게 멀다. 그냥 저기 저 별이 있구나, 생각하듯이 멀뚱멀뚱 바라보며 서로 다른 세상을 살게 될 거다. 뭐, 대개는 사회에서 빛나는 이 애들을 우리가 별처럼 쳐다보게 되겠지. 우리는 빛나지 못할 테니까.

내 짝인 온라인 학급 여자아이 이름은 '제니퍼 김'이다. 미국에서 태어났고, 부모님은 대대로 부자다. 전에 '여행'을 주제로 발표하는 내용을 들어 보니까 미국에서 태어난 뒤 어릴 때부터 여러 나라를 다녔다고 했다. 그래서 이름도 제니퍼고, 국제적으로 많은 사람을 돕는 일을 하고 싶다고 했다. 그러나 내 눈에는 쪼끄맣고 못생긴 아이에 불과했다. 이런 말을 하면 제니퍼는 분명 외모 지상주의 운운하며 욕하겠지.

"나, 오늘 봉사상 받아."

제니퍼가 평소처럼 새침한 얼굴로 말했다. 온·오프라인 학급 전체 등교일에만 가끔 만나는데, 제니퍼의 첫인사는 항상 오늘처럼 재수 없다.

"난 오늘 고아 됐어. 엄마가 집 나감."

질 수 없어서 나도 늘 재수 없게 들릴 첫인사를 한다. 제니퍼는 눈썹을 살짝 치켜뜨더니 아무 말도 하지 않았다. 상 받는 날이니까 벌써부터 기분을 잡치긴 싫겠지.

제니퍼는 나를 외면하고 온라인 학급 애들과 시시덕거리다가 시상식이 시작될 때쯤엔 예의 그 새침하고 거만한 얼굴로 얌전히 앞만 바라보았다. 이윽고 늙은 교장 선생이 입에 발린 칭찬을 하면서 제니퍼가 그동안 했던 봉사 활동 영상을 틀어 주었다. 가난한 동네와 장애인 시설에 가서 봉사 활동을 하는 제니퍼의 모습과, 많은 기부금에 감사하는 사람들의 인사말이 담긴 영상이었다. 저기 어디에 봉사 정신이 있다는 걸까. 내 눈엔 남들에게 자랑하고 싶어 하는 제니퍼의 욕심만이 그득해 보였다.

'난 이렇게 멋지고 훌륭한 사람이에요.'

만방에 으스대고 싶은 제니퍼의 속마음이 영상을 타고 전해져 와서 구역질 났다. 좀 삐딱한 구석이 있는 엄마는 늘 말하기를, 진정으로 봉사하는 사람은 널리 알려지는 경우가 드물다고 했다. 정말 헌신하는 사람은 다른 사람이나 사회를 위해 봉사하는 일을 당연하게 여겨서, 정치인들처럼 여기저기에 과시하지 않는다는 것이다.

흐응, 엄마랑 그런 이야기를 나누던 때도 있긴 했구나.

평생 가난해 본 적이 없는 사람들이 가난을 이야기하고, 특권을 누리며 살아온 사람들이 은혜를 베풀 듯 평등을 말한다며 코웃음 치던 엄마 모습이 문득 떠올랐다. 내 삐딱한 성격은 어쩌면 엄마를 닮아서일 것이다.

"제니퍼, 앞으로 나오세요."

영상이 끝나자 교장 선생이 제니퍼를 앞으로 불렀다. 온라인 학급 애들은 진심으로 축하하는 얼굴로 박수를 보냈다. 나를 비롯한 오프라인 학급 애들은 똥 씹은 표정으로 마지못해 손뼉 치는 시늉을 했다. 야유를 보내고 싶지만 징계받기 싫어서 다들 꾹꾹 참는 것이다.

자리로 돌아온 제니퍼의 얼굴이 밝겠다. 제니퍼는 종이 상장을 내 앞으로 슬쩍 밀며 득의양양한 표정으로 나를 바라보았다. 만날 때마다 느끼지만, 얘는 정말 유치하다. 내가 온라인 학급 애들처럼 호들갑을 떨며 칭찬이나 축하를 건네기를 바라는 걸까.

"오늘 내가 애들한테 밥 살 거야. 우리 아빠 레스토랑에서."

그래, 그래. 알았으니까 자랑 좀 그만하시지? 나는 속으로만 반응했을 뿐, 손가락으로 귀를 후비며 제니퍼를 무시했다. 제니퍼의 아빠가 경영하는 레스토랑은 꽤 유명한 곳이다. 메뉴 하나 가격이 우리 집 한 달 생활비의 반 정도나 된다.

제니퍼는 내가 아무 대꾸도 없자 기분이 상했는지, 상장을 도로 가져가고는 자리에서 일어났다.

"너도 올래?"

난데없는 질문에 당황한 나는 제니퍼를 빤히 바라봤다.

"싫으면 말고."

그렇게 말한 제니퍼가 확 돌아서 가 버릴 줄 알았는데, 웬일인지 자리에 선 채 꾸물거렸다.

"할 말이라도 있어?"

제니퍼는 내 말을 기다렸다는 듯 뭐라고 말하려 하더니 다시 머뭇거렸다. 멍청한 애를 재촉하기도 귀찮았다. 나는 제니퍼를 빤히 쳐다보다가 집에 가려고 일어섰다.

"엄마가 진짜 집을 나갔어?"

제니퍼가 갑자기 물었다. 비꼬는 것 같아서 쏘아붙이려 했는데, 제니퍼의 표정이 너무 진지했다. 그 표정을 보니 어째서인지 엄마 얼굴이 떠오르면서 울적해졌다.

"엄마랑 연락 끊긴 지 얼마나 됐어?"

진심으로 걱정하는 말투여서 대놓고 무시하기가 어려웠다.

"일주일."

나는 왜 또 이렇게 성실히 대답해 주는 걸까. 대혼란을 느끼며 돌아서는 등 뒤로 "긴급한 상황이네."라고 중얼거리는 제니퍼의 목소리가 들렸다.

암요. 긴급 상황이고 말고요.

속으로 한숨을 쉬던 내게 제니퍼가 정말 황당한 제안을 했다.

"보디 스캔본을 나한테 팔지 않을래?"

처음엔 잘못 들었나 했다. 제니퍼는 되돌아선 내 시선을 가볍게 무시하고는 보디 스캔본을 자기한테 팔지 않겠느냐고 또박또박 다시 물었다. 그러고는 멍하니 서 있는 내게 속사포처럼 말을 쏟아 냈다.

정리하자면, 세컨드 보디를 만들고 싶은데 내 보디 스캔본을 기본으로 사용하고 싶다는 거였다. 부모님 허락을 받은 뒤에 변호사에게 의뢰해서 계약서를 작성할 테니까 안심하라고도 했다. 제니퍼는 내가 피해를 받지 않게끔 법적인 안전 조치를 전부 갖춘 계약서를 작성하겠다고 계속 강조했다.

언제부터 나를 노렸던 거지? 나는 소름이 돋았다.

"왜 하필 나야?"

왜 나를 노렸는지 궁금했다. 제니퍼는 마치 미리 준비라도 한 듯, 방금 내가 고아가 됐다는 말을 듣자 문득 생각이 떠올랐다고 했다. 보디 스캔본을 팔면 내게 돈 벌 기회를 줄 수 있을 테니까.

하아. 제니퍼의 투철한 봉사 정신과 바다같이 넓은 자비심에 감동이 물결친다.

입으로 온갖 욕설을 내뱉었지만, 교실에는 은은하면서도 진심으로 감동적인 노래가 울려 퍼졌고, 눈앞에는 또 벌레 폭포가 쏟아졌다. 성질난다. 정말 화병으로 죽어 버릴 것 같다. 너무 분해서 눈물이 찔끔 났다.

아냐, 이렇게 감정에 휩싸일 때가 아니야. 시궁창 길을 걷는 사람은 감정에 휩싸여 기회를 놓치면 안 된다. 오늘부로 나는 고아가 됐고, 앞으로 돈은 계속 필요할 것이다. 분해서 터질 것 같은 가슴을 부여잡고, 큰 액수를 불렀다. 흥정하려고 일부러 높여 불렀는데, 뜻밖에도 제니퍼는 흔쾌히 고개를 끄덕였다. 과연 부잣집 딸다웠다.

잠시 뒤, 전자 계약서가 준비됐다. 나는 더 큰 액수를 부를걸 그랬다고 후회하면서 전자 계약서에 사인했다.

"돈 받아서 어디에 쓸 거야?"

사인을 끝낸 내게 제니퍼가 물었다. 별걸 다 참견이다.

한마디 쏘아붙이려다 갑자기 제니퍼의 얼굴이 똑똑해 보여서 입을 다물었다. 아니, 본래 제니퍼는 똑똑하긴 했다. 그러니 어쩌면 내 문제를 해결해 줄 수 있을지도 모른다는 생각이 들었다.

"너, 혹시 홈 케어 시스템 지급 기능 해킹하는 방법 알아?"

최대한 퉁명스럽게 물었다. 제니퍼는 눈을 가늘게 뜨면서 심한 욕이라도 들은 듯한 표정이 되었다. '해킹'이라는 단어에 기겁했겠지. 꽃길 걷는 애가 사는 세상에서는 해킹이 중대한 범죄일 테니까. 내가 어쩌자고 얘한테 이런 걸 물었을까. 바로 후회하는데, 제니퍼가 산뜻한 목소리로 대답했다.

"초기화한 다음에 네 음성을 마스터로 등록하면 되잖아."

어? 나는 몇 초간 제니퍼를 멍하니 바라보았다.

그런 쉬운 방법이 있었다니. 뒤통수를 한 대 맞은 기분이었다. 조금 전 제니퍼의 표정은 심한 욕을 들은 표정이 아니라 멍청한 애를 비웃는 표정이었나 보다. 한 대 때려 주고 싶을 만큼 얄미웠지만 참았다. 어쨌든 홈 케어 시스템의 지급 기능을 사용할 수 있는 간단한 방법을 알려 줬으니까. 그러나 가벼운 마음으로 신나게 집으로 돌아온 뒤에야 그 방법이 그리 간단하지 않음을 깨달았다.

홈 케어 시스템을 초기화하려면 우선 내 음성으로 비밀번호를 말해야 한다. 문제는 내가 설정한 비밀번호가 걸쭉하고 화려한 욕설 대잔치라는 사실이다. '바른 말 고운 말 프로그램'의 필터 때문에 징계가 끝나는 한 달 뒤까지 내 입에서는 욕설이 나올 수 없다.

비밀번호를 알지만 입력할 수 없는 신세. 젠장, 뭐가 이래. 오늘 밤엔 진짜 화병으로 돌아가실 것 같다.

*

징계가 끝날 때까지 남은 시간은 한 달. 업자를 등쳐서 얻은 돈만으론 버틸 수 없다. 게임 아이템 몇 개와 옷 몇 벌, 고급 화장품 몇 개를 사고 나니 업자가 입금한 돈은 절반이 날아가 버렸다. 이 상태라면 곧 거지가 되겠지.

혹시 엄마가 나 몰래 회사에는 돌아오지 않았을까 해서 다시 회사에 연락해 봤다. 전에 통화했던 직원이 회사에서도 엄마가 돌아오길 기다리고 있다며 착 가라앉은 목소리로 말했다. 내게 차마 말 못 하는 사정이 있는 눈치였다.

뭐야, 회사에서 사고라도 치고 잠적한 건가?

이대로라면 엄마가 돌아올 희망은 눈곱만큼도 없다. 시궁창 같은 현실 때문에 통곡하고 싶어졌다. 그렇지만 예쁜 옷을 입고 찍은 사진을 SNS에 올린 뒤 하트를 여러 개 받고 나니 기분이 나아졌다. 하트를 눌러 대는 애들은 내 상황을 전혀 모르겠지. 어쩐지 이상한 기분이었다.

다음 날, 학교가 끝난 후 제니퍼가 예약해 놓은 보디 스캔 업체에 들렀다. 대기업 계열 업체라서 시설이 좋았다. 원통처럼 생긴 보디 스캐너에 들어가 자세를 취해 주면 몇 분 만에 스캔이 끝난다. 제니퍼가 내게 피해가 되는 일은 절대 없을 거라고 했으니까 정말 그렇겠지.

문득 제니퍼를 철석같이 믿는 내가 이해되지 않았다. 왜 이럴까? 돈 벌고 싶은 욕심에 자신을 속이고 긍정적으로 생각하려고 노력 중인 걸까?

참으로 애쓰는 나를 안쓰럽게 여기며 스캔을 끝내고 밖으로 나왔다. 언제 왔는지 제니퍼가 새침한 얼굴로 앉아서 스캔이 된 내 모습을 실제 크기 홀로그램 영상으로 유심히 살펴보고 있었다.

소름. 변태 같다. 진짜 친해지고 싶지 않다.

"돈 입금했어."

제니퍼가 거만한 목소리로 말했다. 얘는 사람 기분을 몹시 나쁘게 하는 재주가 있나 보다.

계좌에는 제니퍼가 약속한 돈이 정확히 들어와 있었다. 그것을 확인하고 나니 생각이 좀 달라졌다. 약속을 확실히 지키는 점은 나쁘지 않다. 거짓말을 안 한다는 점도.

건성으로 인사하고 나오려는데 등 뒤에서 제니퍼가 말을 걸었다.

"음성 스캔 필요하지 않아?"

나는 의아한 얼굴로 제니퍼를 보았다. 제니퍼는 한심하다는 눈으로 나를 바라보았다.

"징계 중이어서 홈 케어 시스템 초기화를 못 하고 있다며?"

소문이 벌써 제니퍼에게까지 퍼진 모양이다. 음성 스캔을 하면 내 목소리로 홈 케어 시스템 비밀번호를 말하는 음성 파일을 만들 수 있다. 마음속으로는 당장 해 달라고 말하고 싶었지만, 자존심 때문에 잠시 망설였다. 재수 없는 제니퍼에게 빚지기가 싫었다.

"계약서엔 없는 내용인데?"

약간 오기를 부리며 물었다. 제니퍼는 나를 빤히 바라보더니 내 옹졸한 자존심을 읽기라도 한 듯 코웃음을 쳤다.

"해 줄게."

흔쾌히 대답한 제니퍼는 소름 끼치는 말을 덧붙였다.

"너와 목소리까지 똑같은 세컨드 보디를 갖고 싶으니까."

그걸로 대체 뭘 하려고? 나도 모르게 뒷걸음질했다. 길거리를 돌아다니는 불법 업자보다 제니퍼가 더 위험하게 여겨졌다. 한껏 잘난 척하는 저 표정 뒤에 무슨 꿍꿍이가 숨어 있을지 도무지 짐작되지 않았다. 그렇지만 이것저것 따져 보기엔 내 사정이 급했다. 제니퍼가 나를 닮은 세컨드 보디로 할 수 있는 일이라고 해 봤자……. 음, 더 생각하지 않기로 했다.

잡생각을 털어 버리고 제니퍼 마음이 변하기 전에 잽싸게 음성 스캔을 했다. 제니퍼의 도움을 바라며 비굴하게 웃어 주기까지 했다. 제니퍼는 한껏 오만한 표정으로 나에게 바로 연결할 수 있는 접속 번호를 내놓으라고 했다. 거절하고 싶은 것을 꾹 참고 서로 접속 번호를 등록했다.

"나, 알고리듬이야."

제니퍼가 만족스러운 표정으로 말했다. 무슨 소리인가 싶어 눈을 껌뻑거렸다. 제니퍼의 얼굴에 실망하는 표정이 스쳤다. 아주 찰나이긴 했지만.

"SNS에서 쓰는 내 아이디."

그걸 왜 굳이 내게 알려 주는 걸까. 이상하기 짝이 없었지만, 더는 말을 섞기 싫어서 서둘러 나와 버렸다.

집으로 돌아가는 길에 가짜 신분증으로 만든 가짜 계정의 알림이 울렸다. 지난번에 내가 사기를 친 보디 스캔 업자가 보낸 메시지였다. 보디 스캔을 하러 갈 장소와 시간이 적혀 있었다. 나는 혀를 쏙 내밀고 키득거리면서 가짜 계정을 삭제했다. 길에서만 잘 피해 다니면 업자와 다시 만날 일은 없으리라고 확신하면서.

*

저녁에 제니퍼에게서 음성 스캔이 끝났다는 연락이 왔다. 비밀번호를 말하는 음성 파일을 만들기 위해 제니퍼에게 비밀번호인 욕설을 메시지로 알려 줬다. 이제 제니퍼가 비밀번호를 말하면 프로그램이 내 목소리로 변환된 파일을 바로 생성해 준다. 그 파일을 홈 케어 시스템에 대고 재생하면 바야흐로 나의 고민은 끝이다.

그런데 제니퍼는 현란한 욕설을 보더니 차마 못 하겠다고 했다. 꽃길만 걸어온 애다웠다. 정말 할 말이 없다. 그깟

욕 좀 내뱉으면 어때서.

꾹 참고 살살 달래도 제니퍼는 계속 못 하겠다고 버텼다. 태어나서 처음으로 비굴하게 듣기 좋은 말을 늘어놓다 보니 이게 어른들이 말하는 사회생활인가 싶었다. 가라앉았던 울화가 다시 로켓처럼 치밀어 올랐다. 간신히 사라졌던 화병이 도지는 기분이었다.

한참을 꼬드긴 뒤에야 제니퍼의 마음이 조금 움직였다. 일단 홈 케어 시스템 초기화를 도와주겠다고 했다. 그런데 조건이 있었다. 세컨드 보디를 우리 집에 보내서 홈 케어 시스템에 대고 욕을, 아니, 비밀번호를 말해 주겠다는 거였다. 그냥 파일을 보내 주면 되는데 왜 그렇게까지 하려는 건지. 도대체가 이해할 수 없는 정신 구조였다.

하지만 이것저것 가릴 처지가 아니었다. 와 준다는 말에 감지덕지해서 바로 집 주소를 전송했다. 곧 내일 오후에 세컨드 보디를 입고 오겠다는 제니퍼의 답이 돌아왔다. 입는다고 표현하지만, 실제로는 세컨드 보디와 접속한다는 뜻이다.

이튿날, 제니퍼는 세컨드 보디를 입고 출발하면서 한 시간 뒤에 도착할 거라는 메시지를 보내왔다. 모든 일이 순조로웠다면 제니퍼는 우리 집 홈 케어 시스템 앞에서 나와 똑같은 목소리로 욕설을 퍼부었을 테고, 지급 인증 기능은 내게 넘어왔을 것이다. 그러고는 내 모습과 거의 흡사하게 만들어진 세컨드 보디를 감상하며 잠시 잡담을 했겠지.

하지만 그런 일은 일어나지 않았다.

제니퍼가 출발한 지 30분이 지났을 무렵, 나는 어제 SNS에 새로 올린 사진에 달린 댓글과 하트 개수를 흐뭇하게 들여다보고 있었다. 그런데 하트를 수십 개 눌러 댄 아이디 중에 '알고리듬'이 있었다. 제니퍼의 아이디 말이다. 내가 친구 맺기를 허락했었나? 친구 맺기 신청이 하도 많았기 때문에 기억나지 않았다. 뭐, 허락했으니까 친구로 하트를 누를 수 있었겠지.

그런데 학교에서 만날 때마다 나를 무시하는 눈길로 바라보던 애가 왜 친구 신청을 했는지 알 수 없었다. 게시물마다 알고리듬이 달아 놓은 하트를 세어 보다가 충격에 빠졌다. 알고리듬, 그러니까 제니퍼는 내가 업로드한 거의 모든 게시물에 하트를 눌러 놓았다. 게다가 꽤 멋들어진 댓글도 많이 남겼다. 심지어 내가 거기에 남긴 댓글까지 있었다.

애 정체가 뭐지? 설마…… 스토커?

문득 나와 똑같은 세컨드 보디를 갖고 싶다던 제니퍼의

말이 떠올라 소름이 끼쳤다. 지금, 내 스토커로 짐작되는 애가 나와 똑같이 생긴 세컨드 보디를 입고 우리 집으로 오고 있다. 너무 환상적인 상황에 환장할 지경이었다.

가만. 설마 얼굴까지 똑같이 만들어 붙이진 않았겠지?

세컨드 보디에 보디 스캔본 제공자와 똑같거나 누구인지 알아챌 수 있는 얼굴을 만들어 붙이는 것은 불법이다. 봉사상을 받으려고 착한 척하며 나대는 제니퍼가 그렇게까지 할 것 같진 않았다. 그런데 제니퍼가 또라이라는 쪽으로 자꾸 생각이 기울었다. 불길한 예감을 참다못해 나는 인체에 설치된 기기로 제니퍼에게 접속했다.

제니퍼는 벌써 도심에 도착했다며 시야를 공유해 주었다. 그러자 세컨드 보디의 눈에 보이는 풍경이 그대로 보였다. 지금 세컨드 보디는 우리 집까지 걸어서 10분 거리에 있었다. 얼른 만나면 좋겠다고 마음에도 없는 말을 하면서 세컨드 보디의 모습을 보여 달라고 했다. 그러자 제니퍼의 망설임 없는 대답과 함께 세컨드 보디의 손이 높이 들리고 거울 기능이 실행되었다.

이런, 썩을!

세컨드 보디의 모습을 보자마자 욕설이 나왔다. 그와 동시에 '바른 말 고운 말 프로그램' 필터가 실행되었고, 눈앞에 나타난 징그러운 벌레 폭포 때문에 세컨드 보디의 모습이 잠시 흐려졌다. 아니, 어쩌면 울고 싶어서 눈앞이 흐려졌는지도 모른다. 불길한 예감이 맞았다.

내 얼굴을 그대로 복사해서 붙여 놓다니!

이건 세컨드 보디가 아니라 그냥 내 복제품이었다. 나를 아는 사람 눈에는 틀림없이 나로 보일 것이다. 제니퍼를 당장 감옥에 처넣고 싶었지만 이성을 붙잡았다. 제니퍼 집은 부자니까 고소하면 돈이라도 뜯어낼 수 있겠지. 일단 증거부터 확보한 뒤에 나중 일을 생각하기로 했다.

그런데 일이 엉뚱하게 꼬여 갔다.

"이봐, 학생."

세컨드 보디 뒤에서 누가 말을 걸었다. 세컨드 보디가 뒤를 돌자 낯익은 사람이 보였다. 내 보디 스캔본을 사겠다며 거래한 업자였다. 그러고 보니 세컨드 보디는 요즘 내가 일부러 피해 다니던 길을 통해 우리 집으로 오고 있었다. 제니퍼네 집에서 우리 집까지 제일 짧은 길이어서 검색하면 이 길이 가장 먼저 안내됐을 것이다. 가짜 신분증으로 계약금 반을 받고 튀었으니 업자가 나를 가만둘 리 없었다.

제니퍼에게 사정을 알리기도 전에 짧은 비명이 들렸다.

업자가 세컨드 보디에게 무슨 짓을 한 것 같았다. 갑자기 눈앞이 검게 변하면서 소리가 완전히 사라졌다. 나는 당황해서 정신없이 비명을 질렀다. 그런데 눈앞이 어두워지면서 소리가 사라진 것 말고는 아무 일도 없었다. 그 사실을 깨닫고서야 간신히 정신을 차렸다.

"세컨드 보디에 무슨 일이 생긴 것 같아."

제니퍼의 놀란 목소리를 듣고 나서 접속을 해제했다. 익숙한 집 안 풍경이 보였다. 나는 안전하게 집에 있었다. 무슨 일이 벌어지고 있든, 전부 내가 아닌 나와 똑같이 생긴 세컨드 보디에게 생기는 일이었다. 집에서 세컨드 보디를 조종하는 제니퍼도 안전하긴 마찬가지였다. 나는 다시 제니퍼에게 접속했다.

"세컨드 보디가 충격을 받았는지 지금 접속이 안 돼. 위치는 계속 바뀌고 있고."

제니퍼가 상황을 알려 왔다. 열받은 업자가 세컨드 보디를 나로 착각해서 납치한 것 같았다. 미성년자 납치라니. 세컨드 보디가 아니었으면 내게 나쁜 일이 벌어졌을지도 모른다고 생각하자 아찔했다.

"세컨드 보디를 그냥 버려."

이렇게 말한 뒤에, 어째서 이런 사태가 벌어졌는지 제니퍼에게 설명했다. 업자에게 사기 친 내 잘못도 있지만, 제니퍼가 나와 똑같이 생긴 얼굴을 세컨드 보디에 붙이지 않았다면 이런 일은 일어나지 않았을 것이다. 제니퍼의 잘못을 강조하고 싶었는데, 세컨드 보디 제작 비용이 얼마나 비싼지 떠올라서 참았다.

그런데 제니퍼의 반응이 엉뚱했다.

"그래? 그럼 그 수상한 업자를 제대로 찾은 거네?"

제니퍼가 알쏭달쏭한 말을 하더니, 버리라는 내 말을 무시하고 계속 세컨드 보디와 접속을 시도했다. 그러나 접속은 자꾸 거부되었다. 아무래도 세컨드 보디에 이상이 생긴 모양이다. 내가 아닌 세컨드 보디를 납치했다는 사실을 깨달은 업자가 화풀이로 부수기라도 한 걸까? 그렇지만 혹시 길에 버리더라도 합법적으로 제작된 세컨드 보디니까 주인인 제니퍼에게 회수될 거다. 차라리 잘된 일이었다.

이렇게 애써 안심하는 순간, 세컨드 보디의 시야가 다시 공유되었다. 드디어 제니퍼가 세컨드 보디에 접속한 것이다. 초점이 또렷해진 시야로 내가 아는 사람이 들어왔다. 전혀 예상치 못한 사람이었다.

엄마?

충격을 받은 나는 눈을 동그랗게 떴다.

팔이 뒤로 묶이고 입에 재갈이 물린 엄마가 눈앞에서 버둥대고 있었다. 납치당한 듯한 모습이었다. 날 버리고 떠난 게 아니었어? 갑자기 머릿속이 엉망이 되었다. 나를, 아니, 내 쌍둥이 같은 세컨드 보디를 본 엄마도 마찬가지인 것 같았다. 눈이 동그래진 엄마가 입술을 움직였지만, 입에 물린 재갈 때문에 무슨 말을 하는지는 제대로 들리지 않았다.

업자가 욕을 하며 엄마를 걷어찼다. 서버에 설치된 프로그램을 당장 제거하지 않으면 나를 가만두지 않겠다는 말도 했다. 서버? 프로그램? 역시 회사와 관련된 일일까?

"엄마, 괜찮아요?"

엄마 모습에 정신이 나간 사이, 세컨드 보디의 말소리가 들렸다. 제니퍼가 조종하는 음성이었다. 너무나 정중하고 걱정스러운 말투에 헛웃음이 났다. 진짜 나였다면 소리 지르며 화부터 냈을 거다.

엄마도 이상하다고 느낀 듯했다. 흥분해서 발버둥 치던 동작을 멈추고는 나와 똑 닮은 세컨드 보디를 뚫어져라 바라보았다. 엄마는 감이 좋은 사람이다. 앞에 서 있는 것이 내가 아니라 세컨드 보디임을 알아챘을 것이다.

그러다 불현듯 이상한 점을 깨달았다.

제니퍼가 엄마를 어떻게 알아본 거지? 엄마를 만나 보기는커녕, 사진조차 본 적이 없을 텐데? 나는 SNS에 엄마 사진을 올린 적이 없다.

"두 번째 계획을 실행할게요."

세컨드 보디의 입에서 뜻을 알 수 없는 말이 흘러나왔다. 음성 스캔 덕분에 내 목소리와 똑같았지만, 마치 녹음한 것처럼 낯설게 들렸다. 엄마가 고개를 조용히, 천천히 끄덕였다. 마치 모든 것을 알고 있다는 듯이.

다음 순간, 현란한 욕설을 차근차근 내뱉는 낭랑한 내 목소리가 울려 퍼졌다.

그 욕설이 미성년자 불법 보디 스캔본이 저장된 국내 최대 서버를 날려 버리는 동시에, 그것을 사용해 온갖 지저분한 짓을 저지른 어른들의 명단을 찾아냈다는 사실은 다음 날 뉴스를 보고 알았다. 어쨌든 그건 다음 날의 일이었고, 한 자 한 자 또박또박 발음하는 욕설을 듣던 나는 영혼이 나가 버렸다.

이런, 썩을! 누가 욕을 그렇게 교과서 읽는 것처럼 하냐고, 제니퍼.

*

이튿날, 전국을 떠들썩하게 만든 뉴스에 엄마는 나오지 않았다. 제니퍼 이야기도 없었다. 내 쌍둥이 같은 세컨드 보디는 무사히 회수되어 폐기 처분 됐다는 연락을 받았다. 꽤 고생한 모습이지만 엄마도 무사히 돌아왔다.

엄마는 보안 팀과 비밀 작전을 수행하던 중 업자에게 납치당했다고 한다. 업자는 나를 지켜보다가 필요한 순간에 납치할 계획을 세우고 학교 근처에서 기다린 모양이었다. 거액을 써 가며 보디 스캔본 거래를 제안한 이유는, 주소를 알아낼 수 있는 신분증 정보를 손에 넣기 위해서였다. 신분증이 가짜였기에 망정이지 진짜였으면 어떤 상황이 벌어졌을지는 상상도 하기 싫다. 내가 그러건 말건 두려움이라고는 요만큼도 없이 이야기를 늘어놓는 엄마를 보자 속이 부글부글 끓어올랐다.

"날 버리고 간 줄 알았잖아! 이렇게 중요한 이야기를 왜 안 해 준 거야!"

엄마에게 소리 질렀다. 욕도 마구 내뱉었지만 '바른 말 고운 말 프로그램' 필터 때문에 노랫소리만 울려 퍼졌다.

"내가 할 말이 있으니까 앉아 보라고 할 때마다 짜증 내며 방으로 들어간 사람이 누군데 그래?"

받아치는 엄마의 씩씩한 목소리를 들으니 마음이 복잡

해졌다. 그래, 내가 그러긴 했지. 그래도 어떻게든 말은 해 줬어야 할 것 아니야!

분통을 터뜨리는 내게 엄마는 제니퍼가 있어서 별로 걱정하지 않았다고 말했다. 제니퍼는 한때 해커로서 세계적인 명성을 날리던 엄마의 팬이라고 했다. 제니퍼 또한 해커로서 실력이 뛰어나 처음엔 어른인 줄 알았는데, 알고 보니 10대여서 놀랐다는 말도 덧붙였다. 하지만 믿기지 않는 자랑질이어서 귓등으로 흘렸다. 어쨌든 제니퍼는 엄마의 SNS를 들락날락하다가 같은 학교에 다니는 딸이 있다는 것을 알게 되고, 내게 친구 맺기를 신청했던 것이다.

"제니퍼가 친구를 잘 사귀진 못하지만, 너와 달리 똑똑해서 안심하고 널 부탁했어."

엄마가 후후 웃으면서 말했다. 딸인 나에게도 말해 주지 않은 작전을 제니퍼에겐 알려 줬다고? 게다가 나와 달리 똑똑하다니. 내 멍청함은 엄마를 닮은 거라고 쏘아붙이고는 방으로 들어와 버렸다. 엄마는 그렇게나 중요한 프로그램에 왜 우리 집 홈 케어 시스템과 똑같은 비밀번호를 설정한 걸까. 내가 상사라면 바로 해고해 버릴 거다.

"그만한 비밀번호가 어디 있겠어? 아무도 들어 보지 못한 창작 욕설인데."

아이스크림 가게에서 만난 제니퍼가 잘난 척하는 목소리로 말했다.

나는 제니퍼를 빤히 바라보았다. 이번 일을 계기로 제니퍼가 어떤 애인지 제대로 알게 되었다. 우등생에, 부자 부모에, 다 가진 애인 줄 알았는데 알고 보니 전부 사기였다. 오프라인 학교에 나가기 귀찮아서 신분을 조작하는 김에 이것저것 손대다 보니 그렇게 되어 버렸다고 한다.

머나먼 밤하늘에서 반짝이는 별처럼 멀었던 제니퍼가 이제는 땅에 떨어진 운석처럼 느껴진다. 멀리서 빛나는 대신 손을 뻗으면 닿는 거리에 있는 별. 제니퍼와 가까워진 느낌은 기분 탓일까.

제니퍼는 다음 학기부터 오프라인 학급을 신청해 등교할 거라고 했다. 친구가 있어서 이제 다닐 만할 것 같다는 말도 덧붙였다. 약간 수줍어하는 얼굴로 물끄러미 나를 바라보는 제니퍼의 시선을 나는 모르는 척했다.

친구가 될 만큼 제니퍼가 좋은 애인지는 아직 잘 모르겠다.

그렇지만 시간은 많으니까, 뭐.

'별 별 사이'라는 제목에는 두 별처럼 까마득히 멀리 있던 사람들이 만남으로 엮여서 별 사이가 된다는 뜻을 담았습니다.

같은 학교에 다녀도 반이 다르면 서로 모르고 지내는 경우가 많습니다. 두 별처럼 멀고 먼 사이지요. 그러다가 우연히 새 학년에 같은 반이 되면 바로 곁에서 만나게 됩니다. 새로운 우주가 탄생하는 순간처럼 강렬한 첫인상을 주는 친구도 있고요. 중학교 3학년이 된 첫날, 짝으로 만난 친구와 제가 서로에게 그랬습니다.

그날은 성적에 들어가지 않는 진단 고사를 치르는 날이었어요. 제 짝이 된 친구는 전교에서 유명한 우등생으로, 교복을 단정하게 입고 시험공부를 하고 있었습니다. 제게 건넨 첫마디가 깜빡 잊고 가져오지 않은 한문 책을 빌려 달라는 거였지요. 성적에 들어가지 않는 시험에도 목을 매는, 그야말로 재수 없는 모범생. 그 친구의 첫인상이었습니다. 그 친구에게 제 첫인상은 날라리 불량 학생이었고요. 그날 저는 교칙을 위반한 빨간 파카 차림이었고, 시험은 아랑곳지 않고 아침 자습 시간 내내 건너편 친구와 떠들었거든요. 그래서 데면데면하게 시작했는데, 나중에는 절친한 사이가 됐습니다.

이 단편의 주인공과 제니퍼의 이야기를 쓰는 내내 그 친구와 처음 만난 날이 떠올랐습니다. 그때는 몰랐지만, 지금 돌이켜 보면 정말 소중한 만남이 시작된 순간이었네요.

앞으로 기술이 더 발달해서 비대면 수업이 늘어나고 이 단편에서처럼 온라인 학급이 생긴다고 해도, 친구와의 만남은 늘 설레고 소중하리라고 생각합니다. 그 친구와는 각자 서울과 부산에 살고 있는 지금도 연락을 주고받는 든든한 사이입니다. 이름도 모르는 별처럼 멀리 있다가 내 곁으로 와 준 친구가 고맙습니다.

이 글을 읽는 분들에게도 멋지고 소중한 만남이 많이 찾아오기를 바라요!

이상한 미래의 사춘기

김동식

김동식　2016년 5월부터 인터넷 커뮤니티에 올린 단편 소설을 모아, 2017년 12월 『회색 인간』『세상에서 가장 약한 요괴』『13일의 김남우』를 동시에 출간하며 데뷔했다. 지금까지 어린이와 청소년, 성인을 위한 다수의 앤솔러지와 여덟 권의 '김동식 소설집'을 펴냈다. 카카오페이지에 「살인자의 정석 2」를 연재 중이다.

언덕배기에 자리 잡은 신충동은 그리 잘사는 동네가 아니다. 도시가스 파이프가 터졌을 때, 신충동 주민들은 어쩔 수 없는 상황을 받아들이고 이틀을 참았다. 그러나 '감정 에너지 파이프'가 터졌을 때, 주민들은 하루도 참지 못하고 공무원을 닦달했다.

"빨리 수리하라고요! 오늘부터 야구 플레이오프 중계를 하는데 박진감이 모자라잖아요!"

"다이어트 해야 하는데 포만감을 쐬지 못해서 자꾸만 음식을 먹게 되잖아요! 내가 살 못 빼면 그쪽이 책임질 거예요?"

도시가스 없이는 견뎌도, 감정 에너지 보조 없이는 살지 못하는 세상인 것이다.

예전에는 어땠는지 몰라도, 요즘 도시에는 집집마다 감정 에너지 파이프가 연결되어 있다. 원하는 감정을 설정한 뒤, 머리를 파이프에 대고 밸브를 열면 감정 에너지 파장이 쏟아져 나온다. 쐬는 시간이 길수록 효과가 커지는데, '기쁨'을 오래 쐬면 아무리 슬픈 일이 있이도 기분이 좋아진다. 사람들은 잠이 오지 않을 땐 '나른함'을 쐬고, 밥맛이 없을 땐 '허기'를 쐰다. 같은 TV 프로그램을 봐도 기쁨 파장을 쐰 집의 웃음소리가 훨씬 컸고, 같은 음식도 허기 파장을 쐰 뒤에 먹으면 훨씬 맛있었다.

감정 에너지 요금을 절약하기 위해 파장을 아끼기는 하지만, 적어도 '즐거움' 파장만은 유지하는 집이 많았다. 삶의 만족도에 큰 영향을 주기 때문이다. 국가도 즐거움 파장 쐬기를 권장하며 약간의 지원금을 주기도 했다. 집에서 즐거움 정도만 쐬어도 가족끼리 싸울 일이 현저하게 줄었다. 그리고 우울증 예방이나 가정 폭력 예방, 소비 경제 활성화 등등 온갖 이점이 있었다.

그렇게 생활 속 깊이 스며든 감정 에너지가 끊겨 버렸으니, 신충동 사람들이 화를 내는 건 당연했다.

"빨리 좀 못 고쳐요? 한세월이네, 한세월이야!"

"거, 수리하는 게 뭐 그리 힘들다고! 게으름 피우지 말고 빨리빨리 좀 해요!"

'한감', 그러니까 '한국감정공사'에서 나온 직원들은 최선을 다해 수리 중이었지만, 지나가는 동네 사람들에게 꼭 한 소리씩 들었다. 그들은 부탄가스 기업에서 만든 일회용 감정 에너지 캔을 따서 '보람' 감정파를 쐬었다.

"조금만 힘내자. 우리는 시민을 위해 국가의 일을 하고 있는 거야. 자부심을 느껴도 돼."

"그래. 시민들을 위해서라면 이 정도 더위는 참을 수 있어."

그들 덕분에 드디어 신충동의 감정 에너지 파이프가 다시 연결되자 거의 모든 집이 바로 파장을 쐬었다. 이틀을 참은 만큼 꽤 과소비를 했지만, 순식간에 기분이 좋아진 주민들은 별 신경을 쓰지 않았다.

단 한 집은 제외하고 말이다.

"한예지! 엄마가 파장 좀 아껴 쓰라고 했지! 이번 달 감정세가 왜 이렇게 많이 나왔어?"

현관문을 열고 들어온 엄마가 인상을 찌푸리며 지로 용지를 흔들어 댔다. 식탁에서 밥을 먹던 예지가 뜨끔해하는 얼굴로 물었다.

"얼마나 많이 나왔길래? 난 별로 안 썼는데……."

맞은편에서 함께 식사 중이던 아빠가 엄마를 돌아보며 손을 내밀었다.

"얼마나 나왔는데 그래? 나도 아껴 쓴 것 같은데."

"아껴 썼는데 이렇게 많이 나와?"

엄마에게서 지로 용지를 받아 들고 금액을 살피던 아빠의 눈이 커졌다.

"뭐가 이렇게 많이 나왔어? 우리 회사에서는 펑펑 써도 별로 안 나오던데."

"가정용에는 누진세가 붙잖아! 습기 때문에 꿉꿉하고 덥다고 맨날 파장을 쐬니까 이렇게 많이 나오지!"

예지도 아빠에게서 지로 용지를 받아 보고는 말했다.

"에이, 그렇게 많이 나온 것도 아니네."

"뭐가 아니야! 전세금 올려 달래서 한 푼이라도 아껴 써야 할 시점에 이게 적어? 큰일 날 소리 하네, 얘가!"

"아니 그래도, 나는 그렇게 많이 안 썼는데……."

예지가 눈치를 보자, 식탁에서 일어난 아빠가 엄마를 옆으로 당겼다.

"자, 그렇게 열 내지 말고 파장 좀 쐬자. 쐬면 기분이 좀 나아질 거야."

"여태 무슨 얘기를 들은 거야? 요금 많이 나왔다니까!"

"그래도 남들 쓰는 만큼은 써야지. 누진세에 걸리지 않을 정도로만 쓰자고."

아빠가 엄마를 감정 파이프 앞으로 데려가 밸브를 열었다. 어차피 열어 버린 김에, 엄마는 마지못해서 파장을 쐬었다.

"예지야, 너도 와."

뒤이어 예지와 아빠까지 모두 파이프 앞에서 '즐거움' 파장을 쐬었다. 물론, 시간은 아주 짧았다.

파장 덕분인지 엄마의 굳었던 얼굴 근육이 꽤 풀렸다. 여전히 투덜대긴 했지만, 분노에 찬 음성은 아니었다.

"앞으로 폭염이 오면 엄청 쓸 것 같으니까 최대한 아껴. 쓸데없이 비싼 파장은 쓰지 말고."

"그래, 알았어 알았어. 사실 내가 이번 달에 일이 많아서 집에 와서까지 일하느라 '몰입'이랑 '평온' 파장을 좀 쐤어. 이해해 줘."

"그놈의 회사는 월급도 쥐꼬리만큼 주면서 너무하는 거 아니야?"

"요즘 같은 불경기에 잘리지 않은 것만 해도 다행이지, 뭐 어쩌겠어."

"집에까지 일거리를 가져오게 할 거면 요금 지원이라도 해 주든가! 참 나."

투덜대던 엄마의 시선이 예지에게로 향했다.

"나 보는 거야? 왜?"

예지는 엄마의 시선에 뜨끔한 얼굴이 되었다.

"사춘기 말이야."

"어, 엉?"

"예지 너, 아직도 사춘기가 안 오니? 벌써 열네 살인데 왜 아직도 안 와? 네 친구들은 다 사춘기 오지 않았어?"

"글쎄……. 안 온 애들도 있을걸?"

예지는 엄마 시선을 피했지만, 날마다 듣는 레퍼토리가 어김없이 시작됐다. 어제와 한 치도 다르지 않았다.

"엄마 친구 딸은 열한 살 때부터 사춘기가 왔다던데 너는 도대체 언제 오는 거니?"

"몰라."

"어서 사춘기가 와야 감정 에너지 자가발전 패치를 붙일 거 아니야!"

예지는 속으로 한숨을 내쉬었다. 그놈의 감정 에너지 자가발전 패치!

현재 기술로는 감정이 강렬하게 분출되는 시기에만 에

너지 추출이 가능한데, 질풍노도의 시기인 사춘기가 딱 적절했다. 정부는 에너지 부족 현상을 막기 위해 각 가정에 에너지 자가발전을 장려했고, 그 때문에 자식이 있는 모든 집에서 아이의 사춘기를 기다리는 진풍경이 펼쳐졌다.

"보건소에서 패치 나눠 준 지가 언젠데, 도대체 언제쯤 써먹을 수 있는 거니? 얼른 그거 붙여서 에너지를 생산해야 정부 보조금도 지원되는데 말이야."

"그러게."

"엄마 친구 딸은 패치 붙이고 나서 감정세 절반은 걔가 생산했다더라. 너도 어서 사춘기가 돼서 집안 살림에 보탬이 돼야 하지 않겠니?"

예지는 이 말이 나올 때마다 죄인이 된 심정이었다. 속으로는 아직 사춘기가 오지 않은 게 내 잘못은 아니지 않냐며 억울해했지만, 겉으로는 그저 딴청만 부렸다.

"에이, 언젠가 오겠지. 너무 재촉하지 마!"

예지의 말에 엄마는 가볍게 한숨을 내쉬는 것으로 대화를 끝냈다. 평소 같았으면 잔소리 폭탄이 이어졌겠지만, 오늘은 즐거움 파장을 쐰 지 얼마 안 돼서 다행이었다.

"그래, 네 말대로 언젠가 오긴 오겠지……. 그래도 노력 좀 해 봐. 알았지, 우리 딸?"

"으, 응. 알았어."

고개를 끄덕이면서 예지는 속으로 한숨을 내쉬었다. 사춘기가 뭐 공부도 아니고, 노력한다고 되는 건가? 뭘 어떻게 노력해야 사춘기가 오는지, 원.

그날 밤 예지가 잠들자 부부는 밀담을 나눴다.

"이대로 마냥 기다릴 게 아니라 우리가 나서야 해. 하루빨리 쟤한테 사춘기가 와야 감정세 걱정을 안 하지."

"근데 어떻게? 우리가 나선다고 사춘기가 오겠어?"

"오게 만들어야지. 사춘기가 오면 생생하게 느껴지는 여러 가지 감정이 있잖아? 예를 들면……."

다음 날 아침, 식탁에 앉은 예지가 고개를 갸웃했다.

"아침부터 고기를 구웠어?"

"붉은 고기가 2차 성징을 일찍 오게 한다잖아. 많이 먹고 사춘기 좀 앞당기자, 응?"

엄마가 예지 앞으로 고기를 들이밀며 말했다.

"윽!"

예지는 또 그 얘기인가 싶었지만, 고기는 맛있게 먹었다.

아침을 먹고 등교하기 위해 집을 나서는데, 현관 앞에서 엄마가 말했다.

"너 머리가 너무 길다. 짧게 잘라야겠어."

"짧게? 응, 알았어."

예지가 별생각 없이 고개를 끄덕이자, 엄마가 인상을 찌푸렸다.

"그게 다야? 그냥 자를 거야? 머리 기른 거 안 아까워? 반항심은 안 생겨? 어?"

"반항심?"

"반항심이 생겨야 사춘기가 올 거 아니야!"

"뭐야, 또 그 얘기야?"

"오! 그래! 스트레스 좀 받아? 반항심이 막 생겨? 엄마가 자꾸 그 얘기 하니까 짜증 나고 그래?"

"아, 몰라!"

예지가 휙 돌아서 나가자 엄마는 기뻐했다.

"오! 좋아, 우리 딸! 그렇게 짜증 내는 거 아주 바람직해! 파이팅!"

예지는 고개를 절레절레 저으며 집을 나섰다.

학교까지 걸어가는 길은 꽤 길었다. 버스를 타기에는 애매하고 걷기에는 조금 먼 거리다. 그래서 늘 그러듯 조금 이른 시간에 길을 나선 예지는 다양한 풍경을 보았다.

날씨가 더워져서 그런지, 신충동 노인들이 아침부터 은

행으로 향하는 모습이 보였다. 가게들 대부분은 매장에 설렘 감정 파장을 조금씩 뿌리면서 구매욕을 부추기는데, 그중에서 은행이 가장 강한 편이었다. 빵빵한 에어컨 바람과 감정 파장을 공짜로 쐬면서 물건을 사지 않아도 되니, 노인들이 앉아 있기에 딱 좋았다.

은행을 지나쳐 편의점 앞을 걷던 예지는 폐지 줍는 할아버지를 보았다. 할아버지는 쌓아 둔 폐지 더미 속에서 감정 에너지 캔을 발견하고는 딸깍딸깍 흔들었다. 예지는 텅 빈 캔을 얼굴에 가져다 대는 할아버지에게서 눈을 떼지 못하다가 애써 지나쳤다.

학교에 도착할 즈음, 친구 다현이 콜택시에서 내리는 모습이 보였다. 택시에는 영업용 문구가 큼지막하게 붙어 있었다.

'상쾌함 감정 에너지 파장 장착 완료!'

그래서인지 다현의 표정은 밝아 보였다. 예지가 자연스럽게 인사를 건넸고, 둘은 함께 교문을 들어섰다.

"다현아, 너 오늘도 늦잠 잤어? 택시 타고 왔네."

"응, 택시 타면 잠기운도 날아가고 좋아."

"그래 보인다. 택시 타면 파장 많이 나와?"

"거리에 따라 다른 거 같긴 해. 잘은 모르겠지만. 아, 참! 예지야, 너 어제 드라마 봤어?"

둘은 어제 본 드라마 이야기를 하며 교실로 향했다.

1교시가 시작되고, 밝은 표정을 한 선생님이 교실로 들어왔다. 좋은 일이 있어서가 아니라 감정 에너지 파장 덕분이었다. 교육청 지침에 따라 선생님들은 수업 전에 필수적으로 즐거움 파장을 쐬어야 했다. 선생님이 즐겁고 친절해야 수업 분위기가 좋아지고 학습 효과도 높아지기 때문이다.

"자, 오늘도 좋은 하루입니다 여러분! 수업을 시작해 볼까요? 일단 숙제 검사부터 할 텐데, 안 해 온 사람? 괜찮으니까 편하게 손 드세요. 안 할 수도 있죠, 뭐! 하하하!"

유쾌한 오전 수업이 모두 끝나고 어느새 점심시간이 되었다. 예지가 밥을 다 먹고 쉬고 있는데 다현이 찾아와 말했다.

"예지야, 상담 쌤이 너 상담실로 오라던데?"

"응? 나를? 왜?"

"모르지."

예지는 도무지 짐작 가는 일이 없었지만 일단 상담실로 갔다. 노크하고 상담실 안으로 들어서니, 먼저 온 아이가 상담 중이었다. 예지를 본 상담 선생님은 파티션 너머 공간을 가리켰다.

"어, 예지야. 잠시만 저기서 기다릴래?"

"네."

예지가 구석 자리에서 조용히 기다리는 동안, 파티션 너머로 상담 내용이 들려왔다.

"준석아. 선생님이 애들한테 다 물어봤더니, 애들은 아니라고 하던데? 혹시 우리 준석이가 스스로 왕따라고 착각한 건 아닐까?"

준석이라고 불린 아이의 목소리는 몹시 작았다.

"아니에요. 애들이 맨날 괴롭힌단 말이에요."

"뭐라고? 다시 한 번 말해 줄래? 못 들었어."

"애들이 맨날 괴롭힌단 말이에요."

"아, 그래? 혹시 아이들의 관심 표현은 아니었을까? 준석이가 너무 조용하니까 말이야."

"그냥 제가 싫어서 괴롭히는 거예요……."

"뭐라고? 좀 크게 크게 말하자, 준석아."

상담 선생님이 대놓고 한숨을 내쉰 후 말했다.

"준석아, 딱히 심하게 맞거나 피해를 입은 건 없잖니? 선생님이 보기에 왕따까지는 잘 모르겠다. 그리고 왕따가

맞다고 해도 준석아, 네 책임도 있는 거야. 준석이 네가 평소에 자신 있고 당당한 태도로 저항하고, 싫다는 의사 표현을 확실히 했어야지. 애들이 왜 그러는지 물어도 보고. 아이들이 널 싫어하는 이유가 있을 거 아니야."

선생님의 말에 준석은 한참을 침묵하다가 대답했다.

"저는 아무것도 안 했는데요…….."

목소리의 울먹거림이 파티션 너머 예지에게까지 느껴졌다. 선생님은 서둘러 상담을 정리했다.

"준석아, 선생님이 파장 쐬게 해 줄게. 특별히 길게 해 줄 테니까 힘내야 해."

선생님은 상담실에 배치된 감정 에너지 파이프 앞으로 준석을 데려가 '기쁨' 파장을 쐬게 했다. 제법 긴 시간이 지나고, 선생님이 밸브를 잠그며 말했다.

"준석아, 이제 기분이 좀 나아졌지?"

"네, 선생님!"

준석의 목소리가 밝았다.

"좋아, 문제없네. 오후 수업도 잘 들어라!"

"네, 감사합니다!"

상담실 문이 열리고, 밝고 행복한 표정으로 상담실을 나서는 준석이 보였다. 그 모습을 보며 예지는 문득 생각했다. 파장을 얼마나 오래 쬐면 저렇게 행복한 얼굴이 될까?

"예지야, 오래 기다렸지?"

"아뇨."

"그래. 자, 여기 앉자."

예지가 자리에 앉자 선생님이 심각한 얼굴로 물었다.

"예지 너 요즘 고민이 있다던데?"

"네? 제가요? 아닌데요……. 무슨 고민이요?"

"솔직히 말해도 괜찮아. 사실 예지 어머님께서 학교로 연락을 하셨어."

"네? 엄마가요?"

깜짝 놀란 예지는 선생님의 다음 말에 경악하며 눈이 휘둥그레졌다.

"우리 예지, 치질이라면서?"

"뭐라고요?"

"치질 때문에 창피하고 부끄러워서 고민이 많다며? 혹시 누가 놀리니?"

"아, 아니에요!"

"괜찮아. 솔직히 말해도 돼. 선생님은 어디 안 떠들고 다녀."

"아, 진짜 아닌데요!"

예지는 펄쩍 뛰며 계속 부정했지만, 끝까지 선생님은 예지가 부끄러워서 치질을 숨기는 걸로만 생각했다.

"예지야, 괜찮아. 지금 당장 털어놓기 힘들면 나중에라도 언제든 찾아오렴. 상담실 문은 늘 열려 있으니까."

"으……."

울상이 되어 상담실을 나서면서 예지는 엄마가 왜 그런 말을 했을까 생각해 보았다. 그러나 아무리 생각해도 답이 나오지 않았다.

"아, 내가 무슨 치질이라고!"

한숨을 내쉬며 복도를 걷는 예지의 눈에, 멀리 준석의 모습이 보였다. 준석은 세 아이에게 둘러싸여 헤드록을 당하고 있었다. 괴롭힘을 당하는 걸까? 예지는 선생님에게 알려야 할지 말지 고민하며 움찔했다. 그런데 막상 헤드록을 당하는 준석은 해맑게 웃고 있었다.

예지는 조금 망설였지만, 그냥 지나쳐 버렸다. 저렇게 표정이 밝은 걸 보면 그냥 친한 친구들이려니 생각했다.

지나치는 예지의 등 뒤로 아이들 목소리가 들렸다.

"준석이 넌 좋겠다! 비싼 파장을 맨날 공짜로 쐬잖아."

"우리 덕분에 쐬는 거니까 네가 우리 스트레스 좀 풀어 줘야지!"

순간, 예지의 걸음이 살짝 느려졌다. 하지만 뒤이어 들려온 준석의 "하하하!" 웃는 소리에 다시 걸음을 옮겼다.

학교가 끝나고 집에 도착하자마자 예지는 엄마에게 득달같이 물었다.

"엄마! 내가 무슨 치질이야? 왜 학교에 치질이라고 전화했어?"

엄마는 웃으며 되물었다.

"창피했어? 부끄러웠어?"

"치질이 아닌데 왜 그렇게 말한 거야?"

"치질은 언제든 생길 수 있으니까 예방 차원에서 미리 말한 거지. 근데 막 부끄럽고 그렇지 않든? 사춘기는 그게 시작인데."

"뭐어?"

사춘기라는 단어가 나오자 예지는 헛웃음이 나올 지경이었다. 절레절레 고개를 저으며 예지가 말했다.

"아니. 내가 진짜 치질이 아닌데 창피할 게 뭐 있어."

엄마가 미간을 잔뜩 찌푸렸다.

"넌 어쩜 그렇게 무신경하니? 어휴!"

"내가 그런가?"

잠시 후, 예지가 화장실에 들어갔다 나오자 어느새 엄마 얼굴에 환한 미소가 번져 있었다.

"짜잔! 예지야, 네 가방이 너무 낡아서 엄마가 새로 하나 사 왔어. 내일부터 이거 갖고 다녀."

엄마가 새 가방을 내밀자, 예지도 엄마처럼 환하게 웃으며 다가갔다.

"와, 예쁘다!"

가방을 들고 좋아하던 예지의 눈에 가방 로고가 보였다.

"요즘 광고하는 인공 지능 가방 아니야? '보그나르' 브랜드잖아! 비싸겠다!"

엄마가 이상야릇한 웃음을 흘리면서 손가락으로 로고를 가리켰다.

"안 비싸. 자세히 봐."

"응? 뭘?"

"로고 말이야. 이상하지 않니?"

고개를 갸웃한 예지가 로고를 자세히 보더니 "아얏!" 하고 소리 질렀다.

"보그나르가 아니라 모그나르네!"

"맞아! 짝퉁 가방이야. 어때?"

엄마는 잔뜩 기대하는 표정으로 말을 이었다.

"그거 메고 학교 가면 애들이 짝퉁이라고 놀릴 텐데, 상관없지? 진짜 보그나르는 엄청 비싸니까 이거라도 써야지, 뭐. 내일부터 꼭 이 가방 메고 다녀라!"

한데 예지의 반응은 엄마의 예상과 달랐다.

"알았어. 가방 브랜드가 뭐가 중요해. 물건만 잘 담기면 됐지."

"어, 엉? 괜찮다고? 조금 창피하지 않겠어?"

"뭐가? 새 가방 예쁘고 좋기만 하네! 고마워, 엄마."

엄마는 표정이 일그러졌지만, 딱히 더 말은 없었다.

그날 밤 예지가 잠들었을 때 부부는 또다시 밀담을 나눴다.

"둔감하고 무신경하고 낙천적이고……. 쟤는 천성적으로 사춘기가 없이 태어났나 봐!"

"우리 예지가 참 착하긴 하지."

"사춘기 그 잠깐 동안은 안 착해도 되잖아. 어휴, 안 되겠어. 최후의 수단을 쓸 수밖에."

"최후의 수단?"

마지막 카드를 꺼내 든 엄마의 눈이 빛났다.

"'사춘기' 하면 당신은 제일 먼저 뭐가 떠올라? 당연히 '사랑' 아니겠어? 짝사랑, 풋사랑, 첫사랑. 흐흐."

다음 날 오후, 학교를 마치고 집에 돌아온 예지는 현관에서 신발을 벗다가 멈칫했다.

"학교 다녀왔습니다……. 어?"

처음 보는 낯선 신발이 현관에 놓여 있었다. 고개를 든 순간, 예지는 거실에 앉아 있는 낯선 청년을 발견했다. 누군지 몰라 눈치를 살피는데, 그 청년 곁에 있던 엄마가 예지를 반기며 말했다.

"예지 왔니? 오늘 너 공부 봐주려고 온 오빠야. 너랑 같은 교회에 다닌다더라."

"뭐? 갑자기 왜?"

"인사해. 이 오빠는 김남우. 여긴 내 딸 예지."

"안녕? 네가 예지구나. 반갑다."

멀끔하게 잘생긴 청년이 웃으며 인사했다.

"아, 네. 안녕하세요."

낯을 가리는지 예지의 목소리가 기어들어 갔다. 그 모습에 엄마는 입이 귀에까지 걸렸다. 엄마가 안방으로 들어가며 말했다.

"오늘은 첫날이니 한 시간만 공부해. 엄마는 방에 들어가 있을게. 남우 학생, 필요한 게 있으면 바로 말해요."

"네, 감사합니다."

처음 보는 사람과 거실에 단둘이 남게 된 예지는 당황하며 안방으로 따라 들어갔다. 그리고 목소리를 낮춰 엄마에게 마구 쏘아붙였다.

"아, 갑자기 뭐야! 미리 말이라도 해 주든가!"

"왜? 너 공부 도와준다는데 그저 고맙지."

"아, 진짜! 처음 본 사람이랑 갑자기 무슨 공부를 하라는 거야!"

일그러진 예지의 표정을 본 엄마 얼굴에 화색이 돌았다.

"오! 지금 엄마한테 짜증 내는 거니? 아주 바람직해!"

"아유, 진짜!"

"옳지! 잘한다!"

"어휴!"

"신경질적인 한숨도 아주 좋아!"

어쩔 수 없다는 듯 다시 거실로 나간 예지는 김남우와 공부를 했다. 하지만 낯가림 때문에 몹시 어색해하며 묻는 말에만 대답했다.

엄마는 문틈으로 그 모습을 훔쳐보며 웃음을 흘렸다.

"너도 사랑을 알 나이가 됐지, 흐흐흐."

한 시간 뒤, 엄마가 방에서 나오자 김남우가 자리에서 일어나며 예지를 칭찬했다.

"예지가 정말 이해력이 높은데요? 머리가 좋은가 봐요."

"남우 학생이 잘 가르쳐 주니까 그렇지. 앞으로 계속 부탁해도 될까?"

"그럼요. 예지가 괜찮다면요."

예지는 차마 대놓고 안 괜찮단 말은 하지 못하고 어색하게 웃으며 김남우를 배웅했다.

김남우가 떠난 뒤, 엄마가 능글맞게 웃으며 물었다.

"어때? 잘생겼지?"

"나한테 교회 좀 꾸준히 나오라고 하던데?"

"아, 그러던? 그럼 교회에서 저 오빠랑 친하게 지내고 싶니?"

"잘 모르겠는데."

"우리 딸, 부끄러워하는 것 같다?"

"내가 뭘 부끄러워해?"

"아니야? 에이, 맞는 것 같은데!"

예지가 이맛살을 찌푸리자 엄마는 깔깔 웃었다. 그러다 곧 뭐가 생각났다는 듯이 급히 안방으로 가며 말했다.

"잠시만! 에너지 자가발전 패치를 한번 붙여 보자. 너 지금 사춘기 온 것 같아!"

"아, 뭐야……."

"돌아서 봐. 붙여 보자."

손바닥만 한 자가발전 패치 한 쌍을 잽싸게 가져온 엄마가 말했다.

예지는 투덜거리면서도 뒤돌아섰다. 엄마가 패치 한 쌍을 예지의 등에 붙인 뒤 말했다.

"자, 감정을 폭발시켜 봐. 막 끓어오르는 질풍노도의 감정을 마구마구 말이야! 아까 그 오빠를 상상해도 좋고."

예지는 그저 한숨만 내쉬었다. 가만히 패치를 관찰하던 엄마 얼굴은 시간이 지날수록 구겨졌다.

"아유, 정말! 도대체 넌 사춘기가 언제 오는 거니? 반응이 하나도 없잖아!"

예지는 그럴 줄 알았다는 듯 패치를 떼며 엄마에게 제안했다.

"엄마, 우리 기분도 그런데 파장 좀 쐴까?"

"안 돼! 요금 많이 나와. 아침에 한 번 쐤잖아!"

"여름에는 아침저녁으로 쐐 줘야 한다던데."

"어이구, 사춘기도 안 온 주제에!"

예지는 입술을 삐죽 내밀었다. 마음대로 안 되는 걸 내가 어떡하냐는 듯이.

아침 등굣길, 예지는 또다시 택시에서 내린 다현과 함께 교문을 들어섰다.

"예지야, 너 어제 시험공부 할 때 어떤 파장 쐬었어? 난 '호기심'이 좋다고 해서 1분이나 쐬었잖아. 그러고는 12시 넘어서까지 열공 한 거 있지?"

다현이 상쾌한 얼굴로 말했다.

"와, 1분씩이나? '호기심' 같은 세세한 감정은 비싸지 않아?"

"몰라. 그래도 시험 기간이니까 쐬야지. 너는?"

"나? 나는……."

예지는 다소 궁색하게 대답할 수밖에 없었다.

"난 뭐, 그냥 아무것도 안 쐬고 공부했어."

"뭐? 왜? 시험인데?"

전혀 이해할 수 없다는 듯 묻는 다현의 말에 예지는 우울해졌다.

"그냥. 안 쐬도 잘될 것 같아서."

"쐬면 더 잘될 텐데? 희한하네."

"그러게."

교실로 향하는 예지의 걸음이 조금 빨라졌다.

학교가 끝난 뒤, 예지는 바로 교실을 나서지 않고 자리에 앉아 고민했다. 상담실에 가서 잘만 말하면 파장을 쐴 수 있지 않을까? 상담 선생님이 언제든 찾아오라고 했으니까 말이다.

계속 갈등하던 예지는 드디어 자리에서 일어나 상담실로 향했다. 그런데 상담실 근처 복도가 몹시 소란스러웠다. 예지는 웅성거리는 아이들 중 아는 친구에게 가서 물었다.

"무슨 일이야?"

"난리 났어! 저기 피 좀 봐!"

"뭐?"

예지가 복도에 떨어진 핏방울을 보며 놀라자, 친구가 호들갑을 떨며 설명했다.

"글쎄, 상담 중이던 아이가 '파장 쐬기 싫다고요!' 하고 막 소리를 질렀대. 그러더니 상담실 파이프를 손에 피가 날 때까지 두드려서 부숴 버렸대!"

"진짜?"

예지가 놀란 그때, 상담실에서 선생님 두 명이 나왔다. 울고 있는 상담 선생님과 달래 주는 선생님이었다. 아이들이 갈라지며 길을 터 주자, 그 사이를 지나가며 나누는 두 선생님의 대화가 들려왔다.

"저는 그저 힘내게 해 주려고 그랬을 뿐이에요……."

"그럼요. 알아요."

"준석이가 전에는 파장을 쐬고 상태가 좋아졌거든요. 근데 지금은 왜……."

"예예, 압니다."

예지는 멀어져 가는 두 선생님의 뒷모습을 복잡한 심정으로 바라보았다.

집으로 돌아온 예지는 감정 에너지 파이프를 잠시 바라보았다. 그때 주방 쪽으로 가는 엄마가 곁을 지나치자, 예지는 슬쩍 말을 흘렸다.

"엄마, 내 친구 다현이 알지? 걔는 시험 기간이라고 파장을 1분씩이나 쐬었대. 그러면 공부가 더 잘되나?"

"그래? 다현이가 키 큰 친구지? 요즘 왜 안 놀러 온대니? 한번 오라고 해."

"으응."

가만히 파이프를 바라보던 예지는 망설이다가 결국 그냥 돌아섰다. 그러고는 냉장고에서 찬물을 꺼내 마셨다.

주방에서 볼일을 마친 엄마가 예지에게 말했다.

"주말에 엄마 아빠랑 같이 보건소에 좀 가자."

"보건소는 왜?"

"왜긴! 도대체 사춘기가 왜 안 오는지 검사 좀 해 보게."

예지 얼굴이 단박에 일그러졌다.

"아, 뭐 그런 걸로 검사까지 해!"

"사춘기 올 나이가 됐는데 안 오니까 검사를 해 봐야지. 네가 사춘기만 왔어 봐. 감정 에너지를 펑펑 쓰지!"

그 순간, 예지가 버럭 소리를 내질렀다.

"그놈의 사춘기, 사춘기! 진짜 지긋지긋해!"

크게 소리치는 예지의 모습에 엄마는 눈이 휘둥그레졌다. 예지는 집 밖으로 뛰쳐나갔고, 놀란 엄마는 가슴을 쓸어내리며 중얼거렸다.

"쟤가 혹시 사춘기가 왔나……?"

그렇게 고대하던 일이건만 엄마 표정이 그저 밝지만은 않았다.

주말 아침, 등에 감정 에너지 자가발전 패치를 붙여 본 예지는 마침내 엄마 아빠와 함께 보건소로 갔다.

"우리 애가 도통 사춘기를 안 겪어서 말이에요."

"네네, 다른 분들도 비슷한 이유로 자주 상담하러 오십니다. 먼저 패치가 고장 났는지부터 살펴보고, 따님의 상태도 한번 보겠습니다."

간호사를 따라간 예지는 여러 가지 검사를 했다. 검사하면서 자꾸 고개를 갸웃대는 간호사에게 예지가 물었다.

"왜요? 저 이상해요?"

"응? 아니, 전혀 이상하지 않아."

간호사는 일단 결과가 나온 뒤에 의사 선생님과 얘기하자고 말했고, 예지는 조금 불안해졌다.

약 한 시간에 걸친 검사가 끝나고, 의사가 엄마 아빠를 따로 불렀다.

"아시겠지만, 따님은 2차 성징이 시작된 지 벌써 오래됐습니다."

"네."

"그 말은, 이미 사춘기가 왔다는 뜻입니다."

"네? 근데 왜 자가발전 패치가 작동하지를 않죠?"

"사춘기가 안 온 게 아니라, 진작에 지나갔습니다. 아주 짧고 빠르게 지나간 거죠."

엄마 아빠는 의사의 말에 경악할 수밖에 없었다.

"뭐라고요?"

상상도 못 했던 일이라 혼란스러워하고 있는데, 의사가 설명을 덧붙였다.

"따님은 너무 일찍 철이 든 겁니다. 이런 경우가 종종 있습니다만……."

의사는 잠시 머뭇거리다 조심스레 말을 이었다.

"이런 말씀을 드려 죄송하지만, 주로 형편이 어려운 가정의 아이들에게 자주 일어나는 현상인데……."

엄마 아빠는 잠시 할 말을 잃었다.

"일찍 철이 들었다고요……?"

엄마가 잠긴 목소리로 의사에게 물었다.

"네, 따님이 참 착하네요. 부모님 힘들까 봐 사춘기 투정도 안 부리고 저렇게 일찍 철이 들었으니 말입니다."

엄마 아빠는 눈시울을 붉혔다. 엄마는 끝내 울먹이고 말았다.

"여보, 어떡해……. 난 그것도 모르고 애를 맨날 그렇게 닦달하고……. 우리 딸 불쌍해서 어떡해……. 못난 부모 만나서 고생하는 우리 딸, 미안해서 어떡해……."

"내가 미안해, 여보. 다 내 탓이야."

엄마 아빠는 한참 울먹였다. 진료실을 나가며 최대한 울먹인 흔적을 지우려 애썼지만, 예지 얼굴을 보자마자 결국 또 울었다.

"예지야! 엄마가 미안해!"

갑자기 엄마가 자신을 껴안고 울음을 터뜨리자 예지는 당황했다.

"왜? 뭐가? 뭐가 미안해?"

"예지야, 우리 착한 딸, 엄마가 너무 미안해!"

"뭐가? 나 괜찮은데, 뭐가 미안해? 응? 뭐가?"

어느새 예지도 눈시울이 붉어지며 눈물을 흘렸다. 영문을 모르는 예지가 무슨 일이냐고 계속해서 물었지만, 엄마 아빠는 차마 대답하지 못했다.

대신, 예지를 더욱 꼭 안았다.

그날 이후, 예지네 집에서는 '사춘기'라는 단어가 절대 나오지 않았다. 에너지 자가발전 패치도 보건소에 반납했다. 예지는 사춘기에 대한 부담감을 완전히 날려 버렸고, 감정 에너지 파장을 쐬는 것도 눈치 보지 않았다. 엄마가 감정세를 아끼자는 말을 절대 하지 않기로 약속한 것이다. 그래도 아낌없이 실컷 쓰라는 말은 못 했다.

"누진세만 조심하자. 적당히 쓰고!"

"알았어, 엄마."

신충동 예지네 가족도 남들만큼은 감정 파장을 쓰고 살았다. 그런데 몇 달 뒤, 예지네 집에서는 어디서 본 듯한 광경이 펼쳐지고 있었다.

"엄마! 이번 달 감정 요금이 너무 많이 나왔잖아! 노력 좀 해 봐."

"아니, 그게 노력한다고 될 일이니?"

"안 될 건 또 뭐야? 열심히 하면 되지!"

이 모든 진풍경은 며칠 전의 정부 발표 때문에 벌어진 일이었다.

에너지 추출 기술의 발달로 사춘기에 이어 갱년기 때도 감정 에너지를 추출할 수 있게 되었습니다. 가정마다 최대 두 명까지 패치를 받을 수 있습니다. 관할 보건소에서 패치를 나눠 드리오니 갱년기에 들어선 분들은……

"엄마! 얼른 갱년기 자가발전 패치 붙여야지. 내 친구네 엄마는 벌써 붙이고 한감에 에너지를 팔아먹는다더라!"

"걔네 엄마는 나보다 훨씬 나이가 많은가 보지! 엄만 아직 멀었어. 그만해, 좀!"

"오! 엄마, 갱년기 증상이 온 거야? 짜증 나고 막 그래? 기대해도 돼?"

"어휴, 저걸 그냥!"

예지는 깔깔거리며 웃었다. 파장을 쐬지 않았는데도 예지네 집에서는 웃음소리가 끊이질 않았다.

부산에 영도라는 애매한 섬이 하나 있습니다. 저는 그곳 봉래산 아래의 산복도로 위쪽 산동네에서 어린 시절을 보냈습니다. 몹시 가난했지요. 그래서일까, 제게는 사춘기가 없었습니다. 제 어머니 생각은 다를지 모르지만, 제 기억에는 그랬습니다.

가난한 집 아이는 일찍 철이 든다는 말 있잖습니까? 그 말이 몹시 슬펐습니다. 철이 든다는 건 대견한 일이기도 하지만, 아이다움을 잃는 일이기도 하니까요. 그 나이에는 그 나이에만 즐길 수 있는 감성이 있는 법인데, 마치 빼앗기듯 사춘기가 지나가 버리는 게 참 안타깝습니다. 그래서 저는 이 이야기 속 예지가 무척 대견하면서도 조금 슬픕니다. 위로해 주고 싶었습니다.

그 위로의 방식이 '행복' 파장을 쐬게 해 주는 것은 절대 아니고 말입니다.

'내 기분을 내가 마음대로 조절할 수 있다면 얼마나 좋을까?'

늘 상상해 왔지만, 그런 게 가능한 세상이 과연 유토피아일까 하는 생각도 듭니다. 그래도 거짓 행복이 불행보다는 나을까요? 사고로 자식을 잃은 부모에게 행복 파장을 쐐 주면 그 부모는 괜찮은 걸까요? 우리는 다 괜찮아졌다고 말할 수 있을까요?

먼 미래에는 파장 같은 효과를 내는 어떤 것이 개발될 겁니다. 지금도 존재하는 마약에서 부작용만 빠진 버전이 나올 수도 있겠죠. 그때 우리는 반드시 고민해야 합니다. 거짓 행복과 진짜 고통 중 무엇이 옳은지 말입니다.

사실은 그냥 재미로 쓴 이야기입니다. 재밌게 읽으셨으면 좋겠습니다.

토끼와 해파리

전삼혜

전삼혜　　청소년 SF의 길을 힘차게 달리고 있다. 목표는 '한국 청소년들이 한국 SF를 더 많이 접하게 하는 것'. 한국과학소설작가연대(SFWUK) 2기 부대표이며, 2010년부터 겸업 작가 생활을 충실히 유지하고 있다. 전직 판교의 등대지기. 아메리카노를 물처럼 마시며 노동 중.

지은 책으로는 『위치스 딜리버리』 『소년소녀 진화론』 『날짜 변경선』. 함께 지은 책으로는 『엔딩 보게 해주세요』 『아직은 끝이 아니야』 『사랑의 입자』 『어쩌다 보니 왕따』 등 여러 권이 있다.

우리에겐 다들 그렇게 말한다. 뭐가 문제냐고. 태어나면서부터 모두에게 축복을 받았고, 쌍둥이라도 태어나면 지자체에서 모든 의료비를 지원할 정도로 신경 쓴 세대라고. 신생아 통계 한가운데가 뻥 뚫려 버린 구멍 세대. 단 한 명도 잃지 않으려 노심초사한 세대. 너희는 아무것도 걱정할 필요가 없는데 대체 아쉬울 게 뭐가 있냐고, 어른들은 늘 그렇게 말한다.

"토끼가 말하기를, '말을 하라니 하오리다. 용왕님 몸에 비늘이 있고 저의 몸에는 털이 있듯 수궁과 지상 동물이 서로 다르오니, 저에게는 간을 빼고 들이는 구멍이 있나이다. 여기 하나는 소변 보고 여기 하나는 대변 보고 여기 하나로 간을 빼서 아침 안개 저녁 이슬에 적셔서 만병 회춘 명약으로 만드는데, 별주부가 말을 안 해서 바위 위에 간을 널어놓고 빈손으로 왔나이다.' 토끼가 원통하다 눈물을 보이니 누군가 속삭였습니다. '정말로 토끼 배 속에 간이 없나 봐!' 그러자 용궁 안의 모두가 술렁거렸습니다. '정말로 간이 없나 봐.' '간이 없대!' 토끼의 귀가 쫑긋해졌습니다."

내가 태어난 해는 '구멍'의 끝자락이었다. '구멍'은 연도별 신생아 수 그래프가 푹 내려앉은 모양에서 따온 말이다. 신생아 수가 가파르게 줄어들다가, 구멍 기간인 5년 동안은 아이가 거의 태어나지 않았다. 그 원인은 아직도 밝혀지지 않았다. 오래전에 돌던 바이러스 후유증이다, 출산 기피다, 백신 부작용이다, 신의 진노다 등등 말이 많았다고 한다.

저출산을 막기 위한 대대적인 출산 장려 정책이 시행되자 구멍은 5년 만에 끝났다. 내가 태어난 이듬해에는 신생아 수가 몇 배로 늘었고, 내가 태어난 지 10년이 지나자 신생아 수는 감소 이전 수준까지 회복되었다. 그러니 사실상 우리만 또래 없이 붕 뜬 셈이다.

하마터면 인류가 멸종하는 줄 알았단다. 우리는 자라는

내내 그런 말을 들었다.

"자, 과연 누가 속삭였을까요? 한번 상상해서 정리해 보세요. 다음 주는 발표 수업이라 지역구 교실에서 모입니다. 발표 자료를 일요일 아침 10시까지 선생님에게 메일로 먼저 보내 주세요. 단, 실제로 물속이나 물가에 살았던 동물이어야 합니다. 그룹 발표도 좋습니다."

통신 종료.

선생님의 수업 창이 사라지자 우리 시의 '친구' 300명이 전부 들어찬 '대기실'은 순식간에 웅성거렸다.

'친구'는 나이가 같은 구멍 세대 아이들을 일컫는 정부 공식 용어다.

우리는 초등학교와 중학교 수업을 모두 온라인으로 받았다. 아마 고등학교도 그러지 않을까. 한 달에 한 번 있는 발표 수업을 제외하면 서로 얼굴을 마주치기조차 어려운 '친구'들. 가장 가까운 '친구'네 집까지도 버스로 20분이 넘게 걸린다. 한 번에 300명이 함께 수업을 받는 시 단위 온라인 클래스 중 우리 지역구에 사는 아이들은 나를 포함해서 겨우 네 명이다. 아니, 네 명이었다. 얼마 전까지는. 1학기가 시작되기 직전에 '신지우'라는 이름 하나가 우리 지역구에 추가되었다.

나는 인상을 찌푸린 채 아이들의 원성이 자자한 대기실을 노려보았다. 모니터 앞에 엎드리다시피 한 내 눈앞에서 대화가 바쁘게 떠오르고 있었다.

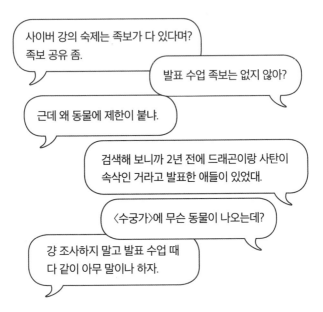

사이버 강의 숙제는 족보가 다 있다며?
족보 공유 좀.

발표 수업 족보는 없지 않아?

근데 왜 동물에 제한이 붙냐.

검색해 보니까 2년 전에 드래곤이랑 사탄이
속삭인 거라고 발표한 애들이 있었대.

〈수궁가〉에 무슨 동물이 나오는데?

걍 조사하지 말고 발표 수업 때
다 같이 아무 말이나 하자.

말은 저렇게들 하지만, 저마다 기발한 발표를 하려고 기를 쓰고 준비할 게 안 봐도 훤했다. 우리는 그렇게 자랐으니까.

어른들이 우리를 그렇게 키웠다.

단체 대기실에서는 얻을 만한 정보가 없었다. 나는 지역구 채팅방으로 들어갔다. 서현 3지구 채팅방에는 나까지 다섯 명이 모두 접속해 있었다. 늘 튀려고 안달복달하는 김완, 오프라인 수업이 많았다면 틀림없이 반장이었을 모범생 조다연, "맨 처음 나오는 게 방게인데…… 방게가 뭐야?"라고 검색도 안 해 보고 묻기부터 하는 핑거 프린세스 한새롬(자기가 알아볼 생각은 하지 않고 꼭 물어보기만 한다).

나는 검색창을 띄워 '방게'를 입력했다. 웩! 집게발 좀 봐. 나머지 다리도 되게 징그럽게 생겼다. 멸종해서 다행이라는 생각이 들었다.

완

> 거의 다 멸종한 동물 같은데…….
> 자라가 〈수궁가〉에 나와? 얼마 전에
> 자라 인공 번식에 성공했다던데.

"별주부가 자라야, 멍청아." 짜증을 담아 이렇게 메시지를 보내려다가 관뒀다. 발표 수업은 질색이다. 얼마 없는 또래끼리 친하게 지내는 게 당연하지 않으냐고, 범생이 조다연이라면 그렇게 말하겠지. 나는 대화 창을 닫고 방문을 열었다.

아빠와 엄마가 점심을 준비하고 있었다. 환하게 웃는 얼굴이었다. "오늘은 뭘 배웠니? 슬슬 발표 준비를 해야 하지?"라는 말이 나오기 전에 내가 먼저 입을 열었다.

"저 내일 밖에 좀 나갔다 올게요. 해양생물체험관에 가야 해요."

"거긴 왜? 숙제야?"

"음, 네."

"열심이구나. 혼자 갈 수 있겠어?"

정말이지 과보호였다. 나는 "네."라고 공손하게 대답했다. 열 살만 돼도 혼자 버스를 타는 세상인데, 열다섯 살이 혼자 못 갈 이유가 없었다.

지금 열다섯 살부터 열아홉 살까지인 사람들은 '구멍' 세대다. 스무 살과 열네 살이 밖에서 뛰고 싸우고 친구들과 어울리며 자라는 동안, 대부분의 시간을 집 안에서 보낸 세대.

다시 방에 들어가 인터넷으로 해양생물체험관까지 가는 길을 검색했다. 지도를 태블릿 피시로 전송하고 정부 지급품인 모니터의 종료 버튼을 눌렀다. 그러자 모니터에 우리 세대의 교육 모토가 우아한 캘리그래피로 떴다가 사라졌다.

모두가 다른 향기로 피어나는 꽃처럼.

그것이 어른들이 우리를 교육하는, 아니, 교육한다고 믿는 방식이었다.

교육 모토가 만들어지기까지 모든 과정을 우리는 사회 시간에 배웠다. 우리가 태어나기 전, 출생률은 이미 바닥을 향해 곤두박질치고 있었다. 부모가 될 나이의 사람들 열 명 중 일곱 명이 "이 사회에서는 아이를 낳고 기를 수 없다."고 말했다. 세상은 경쟁으로 가득 찼고, 경쟁에서 한 번이라도 지면 낭떠러지에서 굴러떨어지며, 실패할 기회는 주어지지 않았다.

고등 교육 기관의 신입생 정원이 자꾸만 미달되자, 마침내 국가 차원에서 원대한 대책이 세워졌다. 성적순 줄 세우기 폐지, 등수로 사람을 정렬하지 않는 사회 만들기, 서열 없는 세대로 키우기…….

사회는 여러 시행착오를 거쳤다. 많은 개선 또한 뒤따랐다. 우리는 그런 개선의 정점이자 출생률의 바닥에서 태어났다.

"너희는 아름답고 귀한 꽃이야."

우리에게는 '백분율'이나 '평균'이라는 잣대를 절대 들이대지 않겠다고 어른들은 말했다. 사회 시간에 이 내용을 배울 때 나는 어이가 없어서 코웃음을 쳤다. 평균을 낼 만큼 표본이 많아야 평균을 내고, 표본이 100개쯤은 되어야 백분율을 계산하는 거지, 애초에 표본 자체가 턱없이 줄어들어 비교하기도 힘들면서 그걸 가지고 생색내기는. 사춘기 특유의 삐딱한 생각일 수도 있겠지만, 어쨌든 내 생각은 그랬다.

나는 태어나서 한 번도 달리기 시합을 한 적이 없다. 시합할 만큼 사람을 모으기 어렵다는 것과 별개로, 체력장 기록을 잴 때도 한 사람씩 따로따로 재고 당사자에게만 결과를 알려 주었기 때문이다. 등수를 매기지 않고 경쟁이 되지 않게 하기 위해서였다.

그렇지만 그게 말이 되나. "달리기 몇 등 했니?"가 아니라 "달리기 기록이 얼마나 나왔니?"로 질문이 바뀌었을 뿐이었다. 데이터가 양육자들의 입을 통해 하나씩 모이면 결국 등수가 매겨졌다. 국가가 아무리 애를 써도 "너는 다른 애들보다 달리기가 느려서 큰일이야."라며 내쉬는 부모님의 한숨을 막지는 못했다는 얘기다.

순진한 어른들은 부모님이야 경쟁 세대에 태어나서 어쩔 수 없다지만 너희는 다르지 않으냐고 묻는다. 대답은

"아니요."다. 우리는 '제각기 특별한 꽃'으로 대접받았지만, '한 군데도 특별한 구석이 없으면 어떻게 될까?'라는 깊은 고민을 등 뒤에 감추고 살았다. "너는 이걸 잘하고 쟤는 저걸 잘해."라고 호들갑스러운 칭찬을 받으며 자랐지만, 우리는 알고 있다. "저마다 향기가 다른 꽃이다."라는 교육 모토는 결국 "너와 쟤가 같은 꽃이면 안 돼. 의견이 같으면 안 돼!"라는 강요에 가깝다는 것을.

'자기만의 의견'을 가지는 게 얼마나 힘든 일인지 어른들은 모른다. 모두들 저마다 독특한 의견을 가지라는 건 결국 남의 의견에 쉽사리 '찬성'을 외쳐서는 안 되며, 서로 싸워야 한다는 선언과 같다는 것도. 〈수궁가〉에 나오는 토끼처럼 말이라도 번지르르하게 해야 어른들이 파 놓은 함정에 빠지지 않을 수 있다.

'이런 세대로 태어나고 싶진 않았어.'

나는 해양생물체험관으로 가는 버스를 검색하며 생각했다. 그리고 체험 부스 대기 줄에서 신지우를 본 순간, 다른 생각을 했다.

'쟤는 그런 생각을 안 하겠지.'

신지우라는 이름만으로는 알아채지 못했다. 내가 블록

쌓기를 하며 놀던 나이에 혼자 3개 국어를 마스터하고, 대학 과정에서나 쓰는 수학과 과학 공식을 자유롭게 활용해 '구멍 세대의 천재'로 불리던 아이. 그 아이가 바로 신지우일 줄이야. 헐렁한 트레이닝복을 입고 있었지만, 손등에 도드라진 커다란 점은 감출 수 없었다. 온갖 방송에 나와 어려운 수식을 계산하고 외국어를 끄적이던 그 손.

체험 부스 앞에서 한껏 주눅 든 모습으로 손을 꼼지락대는 신지우를 본 나는 울컥 짜증이 치밀었다. 대학도 가고 연구원인가 뭔가도 했다면서, 왜 우리 중학 그룹 QR 코드가 달린 학생증을 목에 걸고 해양생물체험관에 서 있는 걸까?

신지우는 바닥을 보며 손톱을 물어뜯다가, 이리저리 주변을 빠르게 살피고는 다시 고개를 푹 숙였다. 마치 멸종 동물 영상에서 본 미어캣 같았다.

체험 부스가 아직 세팅되지 않아서 더 기다려야 했다. 주위 사람들이 신지우와 나를 번갈아 가며 빠르게 힐끔거렸다. 아무리 봐도 또래겠지. 남들이 보기엔 모두 다 친하게 지내도 부족할 아이들이자 몇 안 되는 구멍 세대의 또래. 이렇게 멀뚱히 서서 체험 부스가 열리기만 기다리다가는 누가 내 등을 찌르며 "너희 '친구' 아니니?"라고 물을 것만 같았다. 그건 정말 귀찮은 일이다.

나는 신지우에게 먼저 사근사근하게 말을 걸었다.

"안녕. 서현 3지구 중학생이지?"

"어? 어, 어."

신지우의 볼살 통통한 얼굴에 멋쩍은 웃음이 돌았다. 우리를 힐끔거리던 주변의 시선도 서서히 흩어졌다. 이제야 배우들이 움직이기 시작한 연극 무대처럼 저마다 갈 길을 갔다. 나는 신지우에게 목에 건 학생증을 흔들어 보였다.

"나도야. 내 이름은 김은유. 너는?"

"신지우……."

기어들어 가는 듯한 목소리였다. 나는 미소를 잃지 않고 고개를 끄덕였다.

이만하면 내가 할 몫은 다한 거 아닐까. 친한 척 인사를 했고, 통성명까지 했다. 그러면 이제 연극을 끝내도 되겠지. 나는 다른 부스를 둘러보려는 척 몸을 돌렸다.

"기, 김은유!"

신지우가 내 이름을 불렀다.

뭐지?

예상하지 못한 전개에 사람들의 시선이 다시 우리에게로 모였다.

"수, 숙제 같이 하면 안 돼?"

싫은데.

나는 마음속에 떠오른 대로 대답하고 싶었다. 그러나 싫다고 대답했다간 지역 인터넷 카페에 얘기가 쫙 퍼질 거다. 무정한 구멍 세대 중학생이 어쩌고저쩌고……

'특별한 꽃'으로 태어나고 싶지도 않았는데, 일거수일투족이 주변 사람들 눈에 띄는 일상이라니. 정말 너무하다.

나는 억지웃음을 지으며 대답했다.

"당연히 되지! 체험 끝나고 2층 카페에서 만나."

이럴 계획은 없었는데……

신지우에게 인사하고 서둘러 '어류 감각 체험' 부스로 간 나는 온몸에 센서를 붙였다. 센서를 착용하고 프로그램에 접속하자 양쪽 옆구리에서 쓱 하고 간질거림이 느껴졌다. 얼결에 몸을 틀자 안내 메시지가 흘러나왔다.

"어류는 옆줄로 외부 자극을 감지했습니다. 포식자가 다가오면 옆줄에 느껴지는 파동으로 먼저 알아챘지요. 온몸에 퍼진 촉각은 사람과 비슷합니다. 또 수염에 사람의 혀처럼 미각이 퍼진 종도 있었지요. 하지만 어류는 눈꺼풀이 없었습니다. 작은 물고기는 큰 포식자를 속이기 위해 수백 마리가 몰려다니기도 했습니다."

이어서 잔잔한 바닷속 영상이 보이다가 갑자기 옆구리에 강한 진동이 느껴졌다. 배경 음악이 긴박한 분위기로 바뀌더니 심각한 톤의 안내 메시지가 나왔다.

"포식자가 다가온 모양이군요. 과연 어떻게 빠져나가야 할까요?"

나는 센서를 붙인 두 손을 지느러미처럼 진동의 반대 방향으로 휘저었다. 그러자 배경 음악이 다시 잔잔해졌다.

"잡아먹히지 않고 살아남았어요. 축하합니다!"

박수 소리와 함께 안내 메시지가 끝났다.

'시시하네. 사실 대부분의 어류는 내가 태어나기 20년도 전에 해수 온도 급상승으로 멸종했잖아.'

나는 센서를 떼서 반납하고 2층 카페로 갔다. 약속은 약속이니까. 주변 사람들은 여전히 나를 힐긋댔다. 피곤해. 늘 신경을 곤두세워야 했던 어류의 심정을 알 것 같았다.

'그래도 걔네는 좋았겠다. 무리 지어 다닐 수 있어서.'

신지우는 먼저 와서 음료를 마시며 기다리고 있었다. 나를 보자 신지우는 밝은 표정으로 엉거주춤 손을 들어 올렸다. 나는 신지우 앞에 놓인 의자에 가방을 놓고 음료를 가져왔다. 탁자 위에는 신지우의 노트가 펼쳐져 있었다.

"무슨 체험 했어?"

일부러 그 노트를 보지 않으며 내가 물었다. 신지우는 잠시 머뭇거리다 '보름달물해파리의 생활'이라고 대답했다. 보름달물해파리. 희한한 이름이다. 〈수궁가〉에 해파리가 나오던가? 나오는지 아닌지는 별 상관이 없다. 누군가가 토끼 배 속에 간이 없다고 속삭였다는 이야기는 어차피 일어나지도 않은 일인걸. 어떻게든 우리에게 자기 생각을 말할 기회를 주려고 과거에서 끄집어낸 이야기다. 그리고 사실 자라는 용궁에 갈 수도 없다. 바다에서 헤엄칠 수 있는 건 바다거북이지 자라가 아니다.

자기 생각을 말할 기회……. 나는 그게 싫었다.

우리 나이대를 통틀어 이르는 공식 명칭, 친구. 친구니까 사이좋게 지내라고 하면서, 친구끼리 서로 다른 생각을 나누라고 한다. 서로 다른 의견을 내는 걸 두려워하지 말라고 한다. 서로 다른 상상을 할 줄 알아야 한다면서, 보이지 않는 싸움을 부추긴다. 다른 사람을 믿고 동의해 주라는 말을 어쩌다 한 번 듣는다면, 각자 개성을 살려 스스로를 차별화해야 한다는 말은 열다섯 번쯤 듣는다.

그리고 내가 가장 싫은 건, 어른들의 말이 싫으면서도 어떻게 하면 다른 애들을 이길 만한 기발한 아이디어가 떠오를까 고민하는 나 자신이다.

어떻게 해야 이 난관을 뚫고 나갈 수 있을까. 특별한 꽃이 되기 위해 나는 뭘 해야 할까.

"신, 아니, 지우 넌 범인이 해파리라고 생각해?"

내 말에 신지우가 고개를 갸웃거렸다.

"난 모르겠어……. 그 말을 한 동물이 뭔지가 아니라, 어떤 역할을 맡은 동물이 그랬는지를 알고 싶어."

흠칫, 컵을 쥔 내 손이 떨렸다. 나도 똑같은 생각을 했기 때문이다. 멍게든 해삼이든 문어든 뭐든, 동물의 종류는 중요하지 않다고. 중요한 건, 그 말을 할 만한 '역할'이 무엇이냐는 것이다. 어중이떠중이가 토끼 배 속에 간이 없다는 말을 해 봤자 용왕이 그 말을 귀담아듣지는 않았을 것 같다. 그러니까 발언권이 있는, 적어도 어떤 벼슬이 있는 동물이 그랬어야 모두가 수긍했겠지.

그렇다면 그게 어떤 벼슬이냐 하는 건데…….

"나도 그렇게 생각해."

태연한 척, 너만 그런 생각을 할 줄 아는 게 아니라는 신호를 던지자 신지우는 얼굴이 환해졌다. 이건 뭐지? 너무 튀기는 싫다는 건가? 그렇다면 다른 수를 던져야 한다.

"분명히 이유가 있었을 거야. 토끼 배 속에 간이 없다고 해야 했던 이유. 그럴 만한 이유가 있는 동물은 뭘까? 용왕 앞에서 말할 수 있었으니 벼슬을 한 동물일 거야. 어쩌면 그냥 자라를 골탕 먹이고 싶었을 수도 있고."

거기까지만 말하고 나는 신지우의 눈을 빤히 바라보았다. 하지만 자라를 골탕 먹이려 했다는 건 내가 생각한 '진짜' 목적이 아니었다. 겨우 그 정도 목적 때문에 용왕의 병을 낫지 못하게 하는 건 말이 안 되잖아. 왕의 목숨을 두고 장난할 리가 없어. 만약 신지우가 내 의견에 수긍한다면, 내 생각을 밝히지 않을 작정이었다.

"〈수궁가〉 첫 부분에서 여러 동물이 용왕의 병을 낫게 하겠다며 서로 자기가 육지에 간다고 하거든. 그러니까 단순히 자라를 골탕 먹이려던 건 아닐 거야. 오히려 용왕을 꼭 낫게 하고 싶었겠지……?"

흘끔, 나를 올려다보는 눈길. 차분한 말투와는 달리 신지우는 겁을 먹은 것 같았다. 골탕에 집중하진 않는구나. 나는 초조해졌지만 겉으로는 흥미를 느끼는 척했다.

"그렇지? 그럼 우리, 한번 동시에 말해 보자. 그런 말을 할 만한 역할을 말이야."

연극적인 내 말투가 스스로 조금 가증스러웠다. 뭐 어쩌라고. 친구들이랑 얼굴을 맞대고 직접 대화해 본 적이 거의 없으니까 그렇지. 그리고 모두 나를 무대에 오른 배우 보듯이 대놓고 힐끔거리는걸. 신지우만 속아 넘어가면 될 일이다. 그러면 둘이 같이 발표할 수도 있지 않을까? 천재랑 한 팀이 되면 엄마 아빠도 좋아할 거다. 그런데 신지우가 정말 나랑 같은 답을 낼까?

신지우는 고개를 끄덕였다. 우리는 하나, 둘, 셋을 세고 입을 열었다.

"의사."

똑같은 답이 튀어나왔다.

내 얼굴이 일그러졌다. 하지만 신지우의 얼굴은 아까보다 더 환하게 반짝였다.

"와, 나랑 생각이 똑같아! 그렇지? 토끼 간을 빼냈는데 용왕이 낫지 않으면 가장 손해를 볼 역할이 누굴까 고민해 봤어. 자라가 토끼를 진짜 데려올 거라고 누가 상상이나 했겠어? 의사가 그냥 막 던진 말일 수도 있잖아. 아무튼 자라가 정말로 토끼를 데려왔는데, 토끼 간을 먹고도 용왕이 낫지 않으면 어떡해. 그러면 의사가 다 책임져야지. 그러니까 그 상황에서 토끼 간을 빼면 안 된다고 간절하게 바란 동물은 의사였을 거야! 아, 〈수궁가〉도 여러 버전이 있는데, 그중에는 의사가 아니라 신선이 와서 병을 진단하는 내용도 있긴 해. 그렇지만 선생님이 거기까지 조건을 걸진 않았잖아."

논리 정연한 말이 신지우의 입에서 빠르게 튀어나왔다. 말 진짜 잘하네. 다양하고 수준 높은 사람들과 말을 많이 해 봐서 그런가 보다. 신지우는 구멍 세대에 속하지 않는 사람들이나 어른들과 이야기를 자주 나눴을 테니까.

이런 과제를 하면서도 뒤처지는 느낌을 받아야 하나.

하지만 나는 신선이 병을 진단해 주는 내용이 또 있다는 얘기는 들어 보지 못했다. 이렇게 되면 팀으로 발표를 해야 할까? 나는 신지우가 논리를 더 늘어놓기 전에 말을 돌려야겠다고 생각했다.

"그렇지? 그럼 지우 넌 어떤 동물이 의사였을 것 같아?"

비록 논리로는 졌지만, 아직 기회는 남아 있었다. 나는 신지우가 무슨 동물을 말하든 반대할 생각이었다. 내가 고른 동물이 의사였을 거라고 우기면 팀 발표에서 어느 정도는 내 몫을 주장할 수 있을 거다. 신지우가 말하는 동물이 그럴싸하면 그때는 신지우가 자료를 찾고 발표는 내가 하겠다고 나설 수도 있고. 채팅방에서도 말을 안 하던 아이니까 왠지 내 제안을 받아들일 것 같았다. 그 정도 이익은 챙겨도 되겠지.

그런데 예상이 빗나갔다.

"거기까진 생각 안 해 봤는데."

신지우가 태평스럽게 대답했다.

"그, 그렇구나."

뭐야, 생각을 안 해? 나도 생각 안 했단 말이야. 일단 신지우에게 반대하고 적당히 아무 동물이나 말할 생각이었다. 아까 옆줄 체험을 할 때 옆줄이 여러 개인 물고기도 있다는 설명을 들어서, 가장 예민한 물고기가 의사였을 거라고 주장하고 나중에 자료를 찾아볼 생각 정도만 했지.

이제 어쩐다? 아무래도 같은 팀이 되어야 할 것 같은데. 따로 발표하자고 했다간 범생이나 핑거 프린세스가 신지우를 채 갈 수도 있다는 생각이 뒤늦게 들었다.

"그럼 우리 같이 발표할래? 동물은 내가 생각해 볼게."

이 정도가 내가 할 수 있는 최선이었다. 동맹을 맺는 것. 〈수궁가〉에서는 누가 토끼 편을 들며 간이 없다고 거들어 주었는데, 나는 편들어 줄 사람이 없어서 이렇게 혼자 밀고 당기기를 해야 하다니. 조금은 서글펐다. 하긴 〈수궁가〉도 누가 지어낸 작품일 뿐, 현실이었다면 토끼 편을 들어 준 동물은 아무도 없었을 거다.

고작 발표 수업 하나에 누구를 이용하니 마니 하는 게

너무 거창하다는 것쯤은 나도 안다. 하지만 어쩌라고. 솔직히 다들 튀지 못해 안달이잖아. 저마다의 개성 넘치는 생각을 존중한다지만, 그건 그냥 듣기 좋은 말일 뿐이잖아. "다른 의견 없나요?"라는 말에 손을 번쩍 들고 자기주장을 하지 못하면 "쟤는 개성이 없어."라고 말하잖아. 그리고 그렇게 된 건, 신지우 바로 너 때문이잖아.

신지우는 2월생이다. 우리 또래 중에서 일찍 태어난 편이다. 그런 애가 옹알이 대신에 사자성어를 읊고, 진흙 놀이 대신에 프로그래밍 코드를 가지고 놀았다. 그 모습을 본 모든 부모는 '혹시 우리 애도 천재는 아닐까?'라는 헛된 희망을 품었다. 우리 집엔 아직도 『지우는 이렇게 키웠어요』『내 아이도 천재일 수 있다』『포스트 신지우 키우기』 같은 육아 서적들이 책장에 꽂혀 있다.

너는 누구와 비교당하거나 튀어 보겠다고 애쓴 경험이 한 번도 없겠지. 처음부터 특별했으니까.

나는 치솟는 짜증을 누르며 신지우의 대답을 기다렸다. 나와 한편이 되겠다는 대답을.

그런데 신지우가 또 내 예상을 뒤엎었다.

"아냐. 은유 너 혼자 발표해."

신지우는 여전히 생글생글 웃는 얼굴이었다. 뭐야, 은혜라도 베푸는 듯한 그 태도는?

주먹을 꼭 쥔 손에 땀이 맺혔다. 신지우는 얼음만 남은 컵을 빨대로 휘저으며 정말로 기분 좋은 듯이 콧노래를 흥얼거렸다.

"왜 내가 해? 넌 다른 거 하게?"

나도 모르게 말이 뾰족하게 나왔다. 혹시 더 나은 아이디어가 떠오른 걸까? 나는 머리를 쥐어짜서 생각해 낸 건데, 너한테는 아무것도 아니야? 이 정도는 내가 가져도 된다는 거야?

또 우리를 보는 주변의 시선이 느껴졌다. 신지우도 날이 선 분위기를 느꼈는지 몸을 뒤로 뺐다. 손에는 여전히 빨대를 쥔 채로.

"그런 거 아냐. 그게…… 나는 참관 학습 중이라 발표하지 않아. 아마 발표 수업에 참여도 안 할걸? 그냥 중학교 생활을 체험하러 수업에 들어간 거거든."

아! 뒤통수를 강하게 맞은 기분이었다.

울컥, 뜨겁게 목으로 올라온 화가 부끄러움으로 변해 얼굴로 번졌다.

"대학 졸업자는 중학교에 다시 못 들어가."

자랑처럼 말할 수도 있는 사실인데, 표정이 왜 저렇게

우울할까?

신지우는 물이 뚝뚝 떨어지는 빨대를 탁자 위에 놓았다. 그러고는 나를 슬쩍 올려다보았다. 어느새 우울함은 사라지고 반짝이는 호기심이 담긴 얼굴이었다.

"그 대신, 부탁 하나만 할게."

"……해 봐."

나는 기세가 한풀 꺾이는 걸 느끼며, 의자에 깊숙이 기대앉았다. 신지우는 단어를 고르는 듯 한참 만에야 입을 열었다.

"우리 엄마한테 자랑해도 될까? 나랑 똑같은 생각을 하는…… 친구를 만났다고."

"그게 왜 자랑할 일이야? 난 중학생이지만, 넌 대학까지 졸업했는데."

고민할 새도 없이 툭 튀어 나간 내 본심에 신지우가 슬쩍 웃었다.

"나, 나랑 똑같이 생각하는 친구를 한 번도 만난 적이 없어. 중학교랑 고등학교는 다 검정고시로 통과했거든. 게다가 우리 세대에는 아이가 많이 태어나지도 않았잖아. 아니, 나는…… 사실 또래 친구가 있었던 적이 없어."

신지우의 손에 컵에서 옮아간 물방울이 맺혔다. 내 컵

안의 얼음도 다 녹아 있었다. 아까 그 또랑또랑한 말투는 다 어디로 갔는지, 우물대고 주춤거리며 신지우가 천천히 말을 이었다.

"그래서 연구소를 그만두고…… 교육청에 부탁했어. 중학교 수업을 들어 보고 싶다고. 특별하고 대단하다는 칭찬은 많이 들었지만, 내가 원하는 건 그런 칭찬이 아니야. 나는…… 나랑 나이가 같은 애들하고 지내 보고 싶었어."

어쩌지. 단단히 세워 둔 내 마음의 벽이 얼음처럼 녹아 버릴 것 같았다.

손등에 점이 있는 통통한 여자애가 천재도 무엇도 아닌, 그냥 열다섯 살로 보여서.

약해지고 싶지 않은데…….

많이 힘들었겠다고 위로를 해야 할까, 대단하다고 칭찬을 해야 할까. 그것도 아니면…… 어떤 반응을 보여야 가장 적절하고 상냥해 보일까. 알 수 없었다. 대신 신지우에게 물었다.

"왜 해파리 생활 체험을 했어?"

그냥 궁금해서였다. 떠보거나 우위를 정하기 위한 질문이 아니었다. 의사가 무슨 동물일지는 생각하지 않았다면서 왜 하필 해파리 체험을 했을까.

신지우는 내 질문에 얼굴이 새빨개졌다. 그러더니 손가락을 꼼질거리다 대답했다.

"그거, '보름달물해파리의 생활 체험' 말이야, 내가 만든 거야."

점점 더 이 애를 모르겠다는 생각이 들었다.

나는 피곤해져서 어깨의 힘을 풀어 버렸다. 이제는 누가 흘끔거리든 말든 상관없었다.

"자기가 만든 걸 굳이 체험하고 싶었던 이유가 뭔데?"

"그러게. 아마 내가 만든 마지막 프로그램이라 그랬을 거야."

신지우가 쓸쓸한 표정으로 웃었다. 그러더니 자신의 이야기를 시작했다.

열 살에 연구소에 들어가 첫 프로젝트를 맡았을 때, 다들 신지우가 박사 과정을 거쳐 교수가 될 거라 예상했다고 한다. 그런데 6개월에 한 번씩 실시하는 능력 테스트에서 신지우의 능력은 상승 폭이 너무 낮았다.

"다들 나에게 실망했을 거야."

열 살의 신지우는 대학생 이상, 석사 과정 대학원생 정도의 지적 능력이 있다고 보도되었다. 그 기사는 아직도 인터넷 어딘가를 떠돌고 있을 것이다. 그런데 딱 거기까지였다고 신지우는 말했다.

"박사 과정은 무리였어. 열두 살까지 연구소에 있었는데, 소장님이 나한테 원하는 생물을 하나 골라서 체험 시뮬레이션 프로그램을 만들어 보라고 하더라. 물에 떠다니는 보름달물해파리는 꼭 꽃잎 같거든. 군집 이동을 하니까 친구도 많고. 나랑 정반대인 것 같아서, 그래서 그걸 골랐어. 그런데 내가 주제를 골라 갔더니 소장님이 그랬어. 이것까지만 하고 쉬자. 이제 연구소에 오지 않아도 돼."

말을 마친 신지우는 입을 다물었다. 시선은 탁자 위 자신의 손등을 향해 있었다.

열두 살에 자신의 한계를 알아 버린다면 대체 어떤 기분일까. 도저히 알 수가 없는 나는 아무 말도 못 했다. 일등부터 꼴찌까지 줄을 세우지는 않지만, 너는 여기까지라고 말하는 세상이라니. 열두 살이면 키가 다 자라지도 않은 나이인데…….

"자신의 의견을 꽃처럼 피우세요. 제각각의 색과 크기로 피어나는 꽃이 되세요."

어디를 가나 걸려 있는 표어. 각자 자신의 위치를 찾아 발버둥 치는 우리는, 꽃이 피면 시들듯 언젠가 성장을 멈출 것이다. 그때부터는 어떻게 살아야 할까.

알고 싶지 않았다. 절대 알고 싶지 않아서 발버둥 치고 있는데, 신지우는 이미 겪어 버렸다.

"그만하고 네 자리로 돌아가서 평범하게 살라는데, 그게 너무 슬펐어."

평범하게 살기. 그게 뭔지 우리는 배운 적이 없는데.

열다섯 살이란 원래 이런 걸까. 또래가 아무리 많아도 마찬가지일까. 우리보다 먼저 열다섯 살을 거친 사람들은 전혀 다른 경험을 했고, 우리 뒤로 '구멍 세대'가 아닌 아이들이 열다섯 살이 되어 가고 있다. 구멍 세대인 우리는 평생 답을 찾을 수 없겠지.

"미안해."

나는 신지우에게 사과했다. 신지우의 삶을 함부로 판단했던 행동에 대해서. 비록 그 이유는 마음속에만 남겨 두어 신지우에게 보이지 않더라도 말하고 싶었다. 그리고 어쩌면 단 한 사람도 신지우에게 미안하다는 말을 하지 않았을지 모른다는 생각이 들었다.

줄을 세우지는 않지만 각자의 역량을 매섭게 측정하는 이 세계에서 우리의 성장은 언젠가 끝날 텐데. 자신의 끝을 받아들이는 방법은 아무도 가르쳐 주지 않는다. 그저, 피어나라고만 할 뿐.

나는 우리에게 한계가 있다는 사실을 부정하지 않는다. 그건 이미 나보다 훨씬 머리가 좋은, 경쟁 세대를 거친 어른들이 한 말이다. 그렇지만 신지우는 지금껏 특별하게 살았으니 이런 허탈함을 모를 거라고 생각했는데…….

"보름달물해파리를 보러 자주 왔어."

신지우는 처음과 같이, 벽을 세우지 않은 채로 내게 말했다.

"천재 신지우가 만든 마지막 프로그램을, 이제 천재가 아니어서 괴로울 때마다 봤어."

'천재'라는 단어를 말할 때 신지우의 목소리에도 조금은 날이 섰다. 괴로웠나 보다. 천재가 아닌 신지우가 아니라 천재였던 신지우도, 두려웠을지 모른다.

"체험관을 나설 때마다 다신 보고 싶지 않다고 생각했는데, 거의 매주 다시 여기에 왔어. 보름달물해파리가 이 세계에 어떻게 왔는지부터 어떻게 멸종했는지까지 계속 봤어."

나는 혼자서 버스를 타고, 입장권을 사고, 부스 체험 줄에 서서 차례를 기다리는 신지우를 상상해 보려고 애썼다. 점이 박힌 손으로 해 왔을 일들을.

그러다 나도 모르게 인상을 썼던 모양이다. 신지우가 내

미간을 뚫어져라 보고 있었다.

"그랬으니까, 네가 나랑 똑같은 생각을 했다는 게 너무 너무 기뻤어. 중학교 그룹 채팅방에 들어가서도 아무 말 못 했거든. 아무한테라도 말을 걸고 싶었지만, 튄다고 싫어할까 봐 그러지도 못했지."

나는 성상의 끝자락에서 집에 앉아 키보드에 손을 올려놓은 신지우를 보았다. 미동도 하지 않는 손가락과, 흘러가는 대화를 들여다보기만 하는 눈동자.

상상을 끝낸 나는 내 앞에서 음료 컵을 만지작거리는 신지우를 바라보았다. 통통한 얼굴에 헐렁한 트레이닝복으로 몸을 가린 신지우. 천재가 아니게 된 신지우. 15분 전까지만 해도 내가 적의를 품고 대했던 신지우. 어떻게 이용할지 열심히 고민하던 상대를 연민이 담긴 눈빛으로 차분히 바라보았다.

고작 15분 만에 사람 생각이 이렇게까지 달라질 수 있다니, 스스로도 의아했다.

나는 신지우가 꽃이 아니라 새가 아닐까 생각했다. 훨훨 날아다니는 자유로운 새. 땅에 뿌리박지 않아도 되는 새. 그래서 신지우는 괴로웠나 보다.

겨우 15분 동안 이야기 나눈 것만으로 사람을 전부 이해할 순 없겠지만, 어쩐지 신지우는 차라리 고만고만한 꽃이고 싶지 않았을까 하는 생각이 들었다.

채팅방에서 신지우가 누구에게라도 말을 걸었다면 어땠을까. 완이는 툭툭대면서도 대답해 주었을 거다. 범생이는 당연히 친구끼리 잘 지내야 한다며 나서서 말을 걸었을 테고. 핑거 프린세스는 신지우가 말하는 것마다 설명해 달라고 채근했겠지만 그래도 말을 이어 갔겠지. 하지만 나는, 신지우가 말을 걸었다면 경계부터 했을 것이다.

얄팍하고 솔직하지 못한 나는 신지우에게 손을 내미는 대신 말했다.

"역시 해파리가 좋겠다."

신지우의 눈동자가 커다래졌다.

"너는 해파리에 관해 잘 알잖아. 해파리도 바다에 살았으니까 용궁 의사는 해파리였을 수도 있지. 발표 수업에서 아무도 해파리는 고르지 않을 것 같기도 하고. 맞다, 해파리는 독이 있지? 독을 약으로 쓸 수도 있겠네."

횡설수설하는 나를 바라보며 신지우는 점점 표정이 밝아졌다.

"내가 발표할 테니까 너도 발표 수업에 와. 혹시 내가 실수하면 좀 거들어 달라고."

신지우가 튀어 오르듯 자리에서 벌떡 일어나더니 내 손을 덥석 잡았다.

"가도 돼? 나도 가고, 우리 엄마도 같이 가도 돼?"

"아니. 중학생 발표 수업에 엄마가 따라오는 애는 없어. 실시간으로 방송되니까 그걸 보시라고 해."

"진짜? 진짜지? 그럼 나 자랑해도 되지?"

그러시든가.

"그 대신 나랑 한 얘기, 애들한테는 비밀이야."

나도 자존심을 세울 여지를 조금은 남겨 두고 싶었다. 신지우는 고개를 끄덕였다. 정확히는 머리카락이 나풀거릴 정도로 신나게 끄덕였다.

나는 해파리를 자주 보지는 않았지만, 해파리에게 팔랑팔랑 나부끼는 뭔가 달려 있다는 건 알았다. 신난 해파리가 저런 느낌이려나. 해파리를 떠올리던 내 입에서 웃음이 새어 나온 모양이다. 신지우가 내 얼굴을 바라보며 웃는 걸 보면.

메신저에 신지우의 아이디를 등록하면서 신지우의 이름을 몰래 '해파리'로 바꿔 놓았다. 꽃은 아니지만 꽃잎을 닮은 팔랑팔랑한 생물. 그러고 보니 통통한 손등이 갓을 부풀려 올린 해파리 같기도 했다.

언젠가 신지우를 해파리라고 불러 보고 싶다.

조금 더 친해지면.

조금만 더.

제게는 제법 일찍 학위를 딴 친구가 있습니다. 그 친구와 이야기하다 "어린 나이에 조명받던 천재들은 지금 무얼 할까?"라고 물었습니다. 친구는 "평화롭게 잘 살아서 방송 탈 일도 없을 거야."라고 대답했습니다. 사회에 나와 직업을 얻고 사람들을 만나다 보니, 생각보다 많은 사람이 나이보다 이르게 대학에 들어가고 천재로 조명받았다는 사실을 알았습니다. 그 사람들에게 부럽다고 말하면 "에이, 크면 다 똑같아요."라고 손사래를 칩니다. 그 모습을 보는 것은 제법 신기한 일입니다. 그런데 그들은 대부분 "외로웠다."고 말합니다. 이 이야기는 그런 '특별하지만 외롭고' '특별하지 않아도 외로운' 열다섯 살 두 친구의 이야기입니다.

사람의 뇌는 20대 후반까지도 성장한다고 하고, 저는 스물네 살까지 키가 자랐습니다. 제가 스물여덟 살에 게임 시나리오를 쓰리라는 생각은 해 본 적이 없습니다. 서른세 살에 저를 포함한 온 세상 사람들이 마스크를 쓸 거라고는 상상조차 못 했고요. 시간은 언제나 변화무쌍하며 훅훅 지나갑니다.

언젠가 조카들에게 "이모는 그것도 몰라?"라는 말을 수백 번 들을 것 같습니다. 우리는 같은 '시대'를 살아왔지만,

2010년에 태어난 조카가 맞이하는 2030년은 조카의 20대이고, 1987년에 태어난 제가 맞이하는 2030년은 저의 40대가 됩니다. 어떤 '나이'에 뭘 했는지보다는 어떤 '시대'에 뭘 했는지를 기준으로 삼아 서로를 이해해 보면 어떨까 합니다. 빠르게 변하는 세상 속에서, 같은 시대를 살아가는 우리가 나이나 학력과 관계없이 하이파이브를 할 수 있으면 좋겠어요.

　　동시대를 살아가는 우리 모두에게 사소한 행복이 가득하기를.

그냥 그런 체질이라서

홍지운

홍지운   SF 작가. 본명 홍석인. 청강대 웹소설창
작전공 교수. 오랫동안 'dcdc'라는 필명
으로 활동해 왔다. 『무안만용 가르바니온』으로 제2회 SF
어워드 장편 부문 대상을 받았다.
지은 책으로는 단편집 『구미베어 살인사건』 『월간주폭초
인전』, '덴마 어나더 에피소드' 시리즈 『물리적 오류 발생
보고서』 『별을 수확하는 자들』 『무간도 가이아의 성소』,
함께 지은 책 『근방에 히어로가 너무 많사오니』 『우리가
먼저 가 볼게요』 『이웃집 슈퍼히어로』 『냉면』 『명신학교
에 오신 걸 환영합니다』 등 여러 권이 있다.

엄마	(엄숙하게) 202X년 제17회 용씨 가문 긴급 가족회의 개회를 선포합니다.
아빠	이번 안건의 개요에 대해 설명을 부탁드려요.
엄마	둘째 B가 나영중학교 1학년 3반 동급생 ㄱ 학생에게 고백하기로 결심하고는 낭만적인 분위기를 연출하려다가 너무나 흥분한 나머지 콧김으로 불을 뿜어낸 사건을 논의할 예정입니다.

묻고 싶은 게 많겠지. 네가 한 세 가지 질문에 대한 답이 아니니까 더더욱 그렇겠지. 하지만, 그래. 이상한 일이지 않아? 응. 나도 그렇게 생각해. 그러나 이미 일어난 일이잖

아. 202X년이 고작 넉 달도 채 지나지 않았는데 긴급 가족 회의가 벌써 17회나 개최되었다니. 대략 계산해 봐도 일주일에 한 번은 사고를 친 꼴이잖아.

알아, 알아. 가장 이상한 일은 그게 아니지. 우리 용씨 가문의 긴급 가족회의가 벌써 17회나 있었다는 것도 이상하고, 이렇게 내가 너에게 그 회의록을 읽어 주는 것도 이상하지. 물론 가장 이상한 사실은 첫째가 대학생이고 둘째가 중학생이 된, 그런 집안에서 아직까지 가족회의를 한다는 점일 거야. 내가 고백하려다가 너무 흥분해서 콧김으로 불을 뿜어내기까진 했지만, 이건 그만큼이나 이상한 일은 아니니까.

둘째	아니 지금 이렇게 회의를 할 일이야? 나, 콧김으로 불을 뿜었다고! 엄마랑 아빠가 부모라면, 어, 상식적으로 좀 보자. 둘이 부모라면, 자식이 콧구멍에서 화염을 방사했을 때 자식을 병원으로 데려가거나 해야 하는 거 아니야?
첫째	하하, 개 웃겨.
둘째	A. 닥쳐.
첫째	뭐래, 쪼그만 게 코로 불 뿜다가 역류해서 뇌라도 태

웠냐?

첫째는 언제나처럼 비아냥거리기를 멈추지 않았지. 대
학생씩이나 돼서 가족회의에 꼬박꼬박 참석하는 주제에.
하지만 부모라는 사람들은 내가 당황하든 말든, 첫째와 둘
째, 그러니까 자식들이 치고받기 직전이 되도록 분위기가
험악해지든 말든 상관하지 않고 회의를 이어 나갔지.

엄마	병원으로 데려갈 일은 아니다.
둘째	왜?
아빠	너는 아픈 게 아니야. 그냥 그런 체질이라서 그래.
둘째	어떤 인간이 흥분하면 코에서 불 콧김을 뿜는 체질인데?
엄마	너. 그리고 외가 친척들 중에 몇몇 더. 외가는 다 드래곤 혼혈이라서 그래.
둘째	드래곤? 혼혈?
엄마	응. 엄마 쪽 조상님들 중에 용을 납치한 공주가 있었거든.

나는 황당해서 아무 말도 잇지 못했어. 무슨 말도 안 되

는 헛소리냐고. 우리 집안사람들이 왜 전부 이런 체질인
지, 환상 속 동물이랑 혼혈이라는 식으로 설명해도 돼? 우
리가 살고 있는 곳이 202X년의 대한민국이지 않아? 근데
도대체 어디서 공주가 살고 용이 살았다는 거야?

하지만 엄마는 이런 내 질문에는 아무런 답도 하지 않
았어. 오히려 더 뻔뻔하게 사기 할 말만 하고 설명을 마치
려고 했지.

엄마   그래서 외가 친척들은 사춘기가 되면 체질적인 변
       화를 겪어. 그 변화는 사람마다 다 달라. 용이랑 관
       련된 특성 중 하나라는 공통점만 있을 뿐이지.

둘째   왜 나는 이제까지 몰랐던 건데?

아빠   네가 사춘기가 되면 알려 주려고 했어.

둘째   도대체 왜?

첫째   (실소하며) 내가 어렸을 때, 내가 용의 체질을 타고
       났다고 엄마랑 아빠가 말해 줬을 때 일주일 동안 두
       사람을 비웃었거든. 나도 내 몸에 증거가 나타날 때
       까지는 전혀 믿지 못했어.

이런 콩가루 집안 같으니. 나는 또다시 흥분해서 콧김으

로 불을 뿜지는 않을까 염려해 코를 꽉 쥐었지. 엄마와 아빠 그리고 A는 깔깔거리면서 옛 추억에 잠겼고.

아빠	'네 체질이 발현될 즈음에는 말해 줘야지.'라고 생각하긴 했어. 하지만 예상보다 네 성장이 훨씬 빨랐구나. 요즘 아이들은 영양 상태도 좋고 운동도 잘해서 그런가?
둘째	좋아. 그렇다고 치자. 그러면 엄마는? A는? 두 사람 다 외가 라인이니까 나처럼 뭐가 달라졌을 거 아냐?
엄마	(어깨를 으쓱하고는) 나는 가끔 폭력성이 과도해져.
둘째	A도? 그래서였어?
첫째	나는 교육이 실패해서 그렇지 유전적인 문제는 아니야. B, 이 자식아. 유전만이 아니라 환경 또한 인격 형성에 영향을 미친다는 것도 모르냐.
아빠	A는 관절 부위에 용의 비늘이 돋아났어.
첫째	(콧대를 높이면서) 아름답지. 어디 사는 누구처럼 콧김으로 불을 뿜는 것과는 다르게.

외가 쪽 친척들에 관한 부연 설명도 이어졌어. 둘째 외삼촌은 항상 색이 들어간 안경을 쓰고 다니는데, 가끔 눈

이 파충류의 눈처럼 변하기 때문이었대. 어두운 곳에 가거나 위험하다 싶은 상황이면 적외선을 감지하는 눈으로 바뀐다는 거야. 나는 둘째 삼촌이 패션 쪽으로 이해하기 힘든 열망이 있는 게 아닐까 짐작했는데, 그 때문이 아니었더라고.

그리고 저번에 할머니가 담식 문제로 엄청 고생하셨다고 들었거든. 병문안 갔을 때도 담석이라고 했어. 근데 그건 정확히 말하면 담석이 아니라 여의주였대. 아니, 여의주가 담석의 일종이라고 했던가? 어쨌든 그 이야기까지 들으니 많은 것들이 이해가 가더라. 어쩐지 할머니가 수술을 마치고 나서 차를 한 대 뽑으시더라고. 나는 그냥 투병하고 기운이 빠져서 좋은 차로 바꾸셨나 싶었는데 그것도 아니었대. 여의주가 되게 비싸게 팔려서 그 돈으로 샀다는 거야. 여의주가 한의사들이 되게 좋아하는 약재라나? 이것만큼은 중국산을 구할 길이 없어서 그렇대.

그래. 어쨌든 안심하기는 했어. 내가 불 콧김을 뿜는 문제에 대해서는 병원에 갈 일이 아니라고 결론이 나왔으니까. 원래 계획과는 다르게 예정보다 더 일찍 가족 상담 센터에 갈 필요성이 떠오르긴 했지만, 이건 애초에 염려한 문제와는 또 다른 문제니까 처음 문제에 다시 집중하기로 했지.

어쨌든 지금 이 상황에서 내가 콧김으로 불을 뿜은 이
유는 그렇게 중요한 게 아니잖아. 내가 어떤 상황에서 불
을 뿜었느냐가 문제였다고. 엄마가 이 가족회의의 의장이
었으니 회의는 빠르게 진행되었지. 가끔 폭력성이 과도해
지는 체질이 유전적인 이유 때문이라는 것만 몰랐지 그런
체질이라는 건 경험적으로 다들 알고 있었으니까.

엄마	그건 그렇고, ㄱ 학생은 어떤 아이지? B와는 어떤 사이고?
둘째	엄마, ㄱ이야. 나랑 10년째 같은 동네에서 사는 애잖아. 나랑 절친한 애. 엄마는 저번에 ㄱ네 엄마랑 학부모 회의에서도 만났고.
아빠	ㄱ은 아빠랑 페친이야.
둘째	우엑. 제발 그러지 좀 마.
첫째	나랑은 트친이야.
둘째	다들 도대체 왜 그러는데?
아빠	왜? 우리는 사이 좋아. 저번에 B, 네가 ㄱ이랑 같이 보면서 좋아했던 강아지 영상도 원래 ㄱ이 내 페북에서 처음 본 거야.

둘째	내가 ㄱ이랑 같이 강아지 영상을 본 건 어떻게 안 거야? 내가 그걸 좋아했다는 건 또 어떻게 아는 건데?
첫째	하, 다 아는 수가 있다니까.

맞아. 당연히 그랬지. 콧구멍에서 불길이 치솟았지. 근데 양쪽은 아니었어. 한쪽 콧구멍에서만 불을 뿜었어. 처음 사고를 일으켰을 때는 내 체질을 몰랐지만 지금은 비교적 조절하는 법을 익혔어. 그럼에도 한쪽으로는 뿜을 만큼 충격이기는 했지만.

첫째	와우. 이제 네 콧구멍 안에는 구운 코딱지가 생겼겠다. 내가 파 봐도 돼?
엄마	그만.

그리고 폭력성을 가끔씩 과도하게 뿜어내는 체질인 사람은 나랑 다르게 조절하는 법을 잘 몰랐어. 덕분에 우리 가족회의는 좀 더 빠르게 원래 화제로 돌아왔지.

엄마	지금 중요한 것은 B와 ㄱ 학생의 관계야. B, 너에게 ㄱ 학생은 어떤 아이지?

둘째   ㄱ은…… 가장 소중한 친구야.

부끄럽겠지만 참고 들어. 말하는 내가 더 부끄러우니까.

둘째   ㄱ은 언제나 같이 있었어. 같은 반이 아니어도 쉬는
         시간만 되면 꼭 찾아가게 되는 그런 친구야. 가끔은
         ㄱ이 나를 찾아오기도 했고. 만나서 대단한 일을 하
         는 건 아냐. 옆에 앉아서 책을 읽다가 좋은 구절이
         나오면 서로에게 읊어 주기도 해. ㄱ은 취향이 고상
         해. 사실 나보다 뭘 많이 보거나 듣지는 않아. 그런
         데 뭐가 왜 좋은지에 대해서는 접한 그 순간에 바로
         알아차리는 거야.

첫째   (자기 목을 조르는 시늉을 하며) 야, 길다.

둘째   (무시하며) 둘이 있으면 걷기만 해도 즐거워. 아니,
         그냥 걷기만 하는 게 가장 재미난 거 같아. 뭐 대단
         한 이야기를 나누는 것도 아닌데 말이야. 일상적인
         대화를 하는 것일 뿐인데도 합이 잘 맞는다고나 할
         까, 대화의 리듬이 좋다고나 할까. 그렇게 계속 걷다
         가 가끔 서로 눈이라도 마주치면 배시시 웃고 마는
         데, 그러면 꼭 피자 한 판을 혼자서 다 먹어 버렸을

때처럼 몸 안이 꽉 차는 느낌이 들어.

첫째 과하다.

아빠 귀엽기만 한데. B야, 네가 한 이야기를 정리해서 내
페이스북에 올려도 될까?

죽고 싶었다. 진짜. A는 욕지기가 난다는 듯 헛구역질을
하면서 고개를 절레절레 흔들었어. 아빠는 흐뭇한 표정으
로 나를 바라보면서 누구보다도 더 나를 고통스럽게 만들
었고. 속마음을 털어놓는데도 당사자가 아니라 아무 상관
도 없는 가족들에게 털어놓으니 오히려 답답함만 더해지
더라.

엄마가 이 회의를 주관하는 의장이라는 사실이 어찌나
반갑던지. 엄마는 A와 아빠가 떠들지 못하게 단속하고는
바로 안건을 진전시키고자 했어.

엄마 A와 당신. 본 회의 진행에 방해되는 잡음은 이쯤에
서 정리하도록.

정말로 고마웠지.

엄마   그리고 B는 불필요하게 과잉되고 풋내 나는 감정적

            서술은 너와 ㄱ 학생의 관계가 어떤 방향으로 진행

            되든 장애물이 될 것이 분명하고, 다른 사람과 만날

            때도 누군가를 피곤하게 만들 터이니 반드시 개선

            하도록.

둘째   네.

엄마   그래서, ㄱ 학생과의 사이에서 어쩌다 네가 콧김으

            로 불을 뿜게 되었는데?

바로 이어서 날 꾸짖기 전까지는 참 고마웠는데 말이야. 하기야 틀린 지적은 아니었으니까. 나는 고개를 끄덕이고는 엄마 요청에 따라 다시 본론으로 돌아갔지.

아빠랑 A는 내가 저지른 사건을 이미 잘 알고 있었기 때문에 킥킥 웃으면서 나를 바라보기만 할 뿐이었어. 회의가 열리기 전까지는 이 인간들이 담임 선생님에게 전해 들었거나 다른 학부모와 학생들 사이에서 돌고 있는 소문을 들었겠지 싶었는데, 지금 와 생각하면 페이스북이나 트위터로 알게 된 게 아닌가 싶어. 저 인간들이 어디 내 친구 계정을 하나만 팔로우하고 있겠어?

둘째 음. 말하기 부끄러운데……. 부끄러우니까 다른 사람들은 끼어들지 말고 그냥 들어. 이번에도 또 뭐라고 훈계하면 가족이고 뭐고 내가 콧구멍에 손가락 꽂고 풀 방화할 거야. 그러니까 막내 방화범 만들고 싶지 않으면 끼어들지 마. 알았지?

얼마 전에 학교에서 축제가 있었잖아? 아, 뭐가. 뻔하긴 뭐가 뻔해. 그럼 언제 하는데? 급식실에서 하랴? 어쨌든, 그때 엄청 바빴단 말이야. 나랑 ㄱ이 우리 반 축제 담당자였는데, 다들 일도 안 하고 우리한테 다 떠넘겨서 쉴 틈이 없었다고.

우리 반에서는 축제 전시로 사진전을 준비했거든. 반 애들이 각자 콘셉트 잡고서 찍은 사진으로 꾸민 전시. A가 졸업한 거기, 그 고등학교가 어디였지? 하여튼 거기가 졸업 앨범으로 유명하잖아. 웃기게 코스프레 하고 찍는다고. 생각해 보니 A는 그때도 인어 코스프레를 했구나. 그때 비늘 중 몇 개는 진짜였을지도 모르겠다. 어쨌든 우리도 그런 버전으로 전시를 열었던, 바로 그때 이야기야.

그래서 일이 아주 넘쳐 나게 많았어. 아이들한테 사진 데이터 받으랴, 인쇄소에 가서 출력하랴, 출력물을 전시할 수 있게 꾸미랴, 출력물 배치하랴, 관객들 동선 짜랴, 학생회와 담당 선생님한테 인가받으랴, 설치 시작하랴, 추가 사진 데이터 받으랴, 추가 인쇄하랴, 추가에 추가하랴…….

웃지 마. 아냐. 진짜 아니야. 내가 아무리 ㄱ이랑 둘이 있고 싶었다고 해도 다른 아이들이 전시 준비를 하지 못하게 막기까지 했겠냐. A, 진짜 닥치라니까? 아냐, 콧김 안 뿜었어. 내가 언제? 내가 뭘 뿜었는데?

어쨌든. 그렇게 축제 전시 준비를 마치고는 ㄱ이랑 나는 탈진해서 아이들을 피해 둘이 도망치기로 했지. 붙들리면 또 무슨 요구 사항을 추가로 들을지 모르는 일이니까 말이야. 실제로 ㄴ이 우리 반 아이들 전원이 콘셉트 샷 찍은 복장 그대로 다시 모여서 단체 사진을 찍자고 우기고 있었기도 하고. 아니, 그 짓을 하려면 애들한테 또 연락을 돌리고 의상 챙기고 오라고 해야 하는데, 그 상노가다를 누구 좋으라고 하라는 거야?

ㄱ과 나는 일몰이 오는 학교 구석, 체육 창고 뒤로 피해서 하늘을 바라보며 숨을 돌렸어. 며칠 만에 여유롭게 5분 이상이나 앉아 있을 수 있는 시간을 가

졌던 거지.

준비 때문에 땀이 많이 났거든. ㄱ이나 나나 옷이 젖
어서 피부에 찰싹 붙었어. 그런 상황에서 체육 창고
뒤에는 얼마나 사람이 없었는지. ㄱ의 숨소리조차,
내 심장이 뛰는 소리조차 이건 너무 시끄러운 게 아
닌가 걱정이 들 정도로 크게 들렸어. 누가 내 심장
소리를 듣고 우리가 숨은 곳을 발견하면 어떡하나
싶을 만큼. 아, 웃지 말라고.

그 순간 ㄱ이 주머니에서 이어폰을 꺼낸 거야. 숨찬
다고. 말도 안 나온다고. 조용히 음악이나 듣고 있자
고. 나는 말없이 고개를 끄덕이고는 ㄱ이 건넨 이어
폰 한쪽을 받았어. 줄이 너무 짧아서 우리는 옆에 딱
붙은 채 쪼그려 앉아야만 했지. 도대체 왜 이어폰 회
사는 이어폰 줄 길이를 5미터 정도로 길게 만들지
않는 거야? 아빠는 왜 나한테 아직까지 에어팟을 사
주지 않은 거야? 뭐? 이러라고 안 사 줬다고? 웃기
고 있네.

됐고. ㄱ은 둘이서 항상 듣던 음악을 틀었어. 응, 그
거. 테사 바이올렛의 〈크러시〉. 내가 추천했던 노래
야. ㄱ의 취향은 원래 그보다 좀 더 고상한 편이거

든. 하지만 가끔은 내가 추천하는 노래도 들어. 우리 둘은 그렇게 우리만의 시간을 보냈어.

음. 근데……. 응. 그때 사고가 터진 거지. 망할. 그때. 어. ㄱ이. 내 어깨에 기댄 거야. 어. 그랬어. 근데 ㄱ은 머리카락이 길잖아. 그게 또. 내 코에 닿더라고. 어. 응. 그랬다. 어쩔래. 땀내도 향기가 좋은데. 어. 그럴 수도 있는 거 아니냐. 어. 그래서 나는 오랫동안, 아주 오랫동안 속으로만 간직해 온 한마디를 꺼내려고 했어. 하지만 그때 사고 다음으로 또 다른 무언가가 터져 버렸어.

내 뇌도 터졌다. 심장도 터졌고. 그 두 개만 터지면 차라리 좋았겠어. 내 코까지 터져 버렸잖아. 외가에서 물려받은 잘난 체질 덕분에 코에서 불이 뿜어져 나왔잖아. 드래곤처럼. 〈반지의 제왕〉, 〈호빗〉에 나왔던 스마우그가 에레보르를 불태웠을 때처럼. 강렬한 불길이. ㄱ의 머리카락에 달라붙어 ㄱ이 크게 다칠 뻔했어. 나는 울면서 불을 끄려고 노력했고, 다행히 ㄱ은 크게 다치지는 않고 머리만 그을렸어. 하지만 이제는 아주 짧게 머리를 쳐야만 했어. 그랬어.

기나긴 침묵이 이어졌어. 그럴 만도 해. 내가 너무나도 잘못한 일이었으니까. 비주얼적으로 우스꽝스러워서 그렇지, 나는 나에게 가장 중요한 친구를 다치게 할 뻔했는걸.

엄마	배심원 여러분. 판결을 내려 주십시오.
첫째	(목을 손가락으로 그으며) 유죄.
아빠	유죄.
엄마	(가상의 법봉을 휘두르며) 배심원과 재판장의 만장일치로 피고에게 유죄를 선고합니다.
둘째	아, 좀!

판결에 반항하려는 건 아니었어. 내가 죽을죄를 지은 건 맞잖아. 정말 얼굴을 들 수가 없는걸. 우리 가족도 그 사실을 잘 알고 있으니 더 대차게 혼낸 거고. 그렇잖아. 가족이라고 뭘 하든 다 잘했다, 잘했다 하면 애가 어떻게 자라겠어. 우리 가족이 무슨 일이 생길 때마다 가족회의를 여는 것도 그런 이유에서래. 그랬는데도 A가 아직까지 왜 저런지는 모르겠지만, 하여튼 그래.

엄마는 내가 누구에게 어떤 일을 저질렀는지 다 들었으니 다음 단계로 넘어가려 했어. 바로 나에 대한 처우 문제였지. 뭘 잘못했는지 알았다면 일단 반성하고 어떻게 수습할지 고민해야 하잖아. 그게 올바른 절차잖아. 내가 어떤 잘못을 저질렀는지 공유했으니, 다음으로 모두 머리를 모아 어떻게 사과하고 보상할지에 관해 토론을 이어 나갈 차례였지.

첫째	(비장한 톤으로) 할복이지. 그것밖에 없어.
엄마	기각합니다.
첫째	왜? 역사와 전통이 있는 사과 방법인데.
엄마	한국의 역사도 아닐뿐더러, 일본 군국주의의 파시스트적인 절차로 사과받을 사람에게 충격을 주는 방법이면 본말이 전도다.
둘째	할복을 하면 내가 죽는다는 점은 고려 사항이 아니야?

다행히 A의 제안은 기각됐어. 불행하게도 엄마의 자식을 향한 사랑의 깊이를 알게 되기도 했지만, 일단 목숨을 건졌으니 그것만으로도 만족해야겠지. 다음으로 방법을 제안한 사람은 아빠였어.

아빠	우선 아빠가 병문안을 가면 어떨까? 선물도 사 가지

고 말이야.

둘째   (고개를 저으며) ㄱ은 입원까진 하지 않았어.

아빠   그러면 선물이라도 사 갈까? ㄱ네 부모님한테 인사
도 드릴 겸.

엄마   기각합니다.

첫째   (반색하며) 역시 할복이 더 낫지?

엄마   아니. 하지만 아이들 사이에 일어난 일에 어른이 개
입하는 건, 아이들끼리 수습한 다음이어야만 해. 아
이들끼리 화해하기 전에 어른들이 끼어들면 아이들
사이도 엉클어지고 어른들 사이도 틀어져.

상식적인 방법이 상식적으로 거절당했어. 엄마의 지적
은 합리적이었지. ㄱ은 나를 용서하고 싶지 않을 수도 있
는데, 근데 말이 통하지 않는 아빠와 근엄한 엄마가 나선
탓에 ㄱ네 부모님이 ㄱ과 나 사이를 강제로 화해시키려고
하면 ㄱ의 마음이 어떨까, 생각하지 않을 수가 없잖아.

순서대로 하자면 다음으로 엄마가 방법을 제안할 차례
였지. 하지만 엄마는 내게 조언을 해 주기보다는 회의를
주관하고만 싶었나 봐. 그래서 나한테 차례를 넘길 생각이
었던 것 같아. 직접 그렇게 말했던 것은 아닌데, 드라이아

이스같이 차가운 눈빛으로 나를 노려보기만 했으니까 아마 그런 의미였을 거야.

첫째	(의기양양하게) 너마저 떠오르는 게 없으면 자동으로 내 제안이 통과되겠구나.
둘째	아니거든.
첫째	맞거든.
엄마	아니다. B. 다른 사람 의견을 듣기 전에 너부터 이야기를 해라. 너는 어떤데? ㄱ을 보고 무슨 생각이 들었지? 어떤 말을 하고 싶어?
둘째	어…… . 짧은 머리가 진심으로 잘 어울린다고 생각했어.

야유가 쏟아졌어. A는 주먹으로 내 어깨를 퍽퍽 두들겼고, 아빠조차도 손사래를 치며 그건 좀 아니라고 했고, 엄마는 지옥의 염라대왕처럼 나를 노려보았지.

알아, 나도 알아요. 가해자가 피해자한테 할 소리는 아니야. 그런데 처음 든 생각은 진짜 그냥 '아, 너무 잘 어울려. 너무 좋다.' 그랬다는 이야기일 뿐이야. 또 그렇게 말하고 싶었다는 거지, 그렇게 말하겠다는 것도 아니었어. 둘은 뉘앙스가 다르잖아. "말하고 싶었다."랑 "말하겠다."랑.

하지만 우리 가족은 그 뉘앙스의 미묘한 차이에는 관심이 없더라.

첫째	사형.
아빠	극형.
엄마	(가상의 법봉을 휘두르며) 앞으로 어디 가서 내 자식이라고 하지 마.

나는 고개를 숙이다 못해 테이블에 머리를 박았어. 한숨만 푹 쉬면서. 과열되었던 뇌가 팍 식으면서 콧김에서 불길은커녕 차가운 바람만 쌩쌩 뿜어졌지. 어휴. 둘째 삼촌이 파충류 눈이 되어서 내 코를 봤다면 아주 차게 식어 가는 푸른빛이 그 적외선 시야에 들어갔겠지.

정말이지 답이 없잖아. 내가 그렇게나 실수를 저질렀는데 도대체 무슨 일을 할 수 있을까 모르겠더라고. 그래서 엄마한테 물어봤어. 모르는 게 있으면 남에게 물어봐야 하고, 우리 가족회의 테이블에 앉은 사람 중 드래곤과 혼혈이어서 겪는 문제들에 가장 익숙한 사람은 엄마니까.

둘째	엄마, 외가 사람들 중에 나 같은 실수를 저질렀던 사람은 없어? 그럴 때마다 어떻게 해결했어? 정말 어쩔 수 없는 순간마다 말이야.
엄마	외가 쪽에는 최면 능력이 체질인 사람도 있어. 할머니가 담석도 자주 생기고. 그리고 우리 조상님 중에 용을 납치했던 공주님은 용의 보물도 독차지했던 데다 재테크에도 일가견이 있었어. 거기까지만 이야기할게.

　차라리 할복이 나아 보이는 선택지였어. 할복을 하면 피해자는 트라우마를 얻고 파시스트는 죽어서 사라지는데, 최면으로 남을 조종하면 피해자는 피해를 당했다는 사실을 잊고, 문제를 돈으로 해결하는 사악한 쓰레기는 그대로 살아남잖아. 게다가 할머니한테 담석 만들라고 하면 그건 또 도대체 뭐라는 불효 손주래? 결코 안 될 말이었지.

　그래도 가족은 아직 내가 머리카락을 태운 짝사랑 상대를 보고 짧은 머리가 어울린다고 생각할 정도의 막장이라고만 생각했지, 최면 상태에 빠뜨려서 내가 저지른 잘못을 잊게 만들 정도로 쓰레기라고는 생각하지 않더라. 이걸 고맙다고 해야 하는지, 다행이라고 해야 하는지 모르겠다만.

첫째	그냥 가. 가서 사과해. 그리고 용서받지 마. 영원히 저주받고 살아. 왜 다 해결을 보려고 해? 네가 그렇게 욕심을 부릴 처지야?
아빠	ㄱ이 그럴 것 같지는 않은데…….
첫째	(코웃음을 치며) 아빠, 아빠는 페친이고 나는 트친이야. 누가 더 ㄱ에 대해서 잘 안다고 생각해?
둘째	A, ㄱ이 그랬어? 진짜로 나 용서 안 하고 영원히 저주하겠다고 그랬어?
첫째	비밀.

맞아. 진짜든 아니든, 사실 A가 마지막으로 건넨 해결책이 가장 정석이기는 했지. 또 달리 어떤 선택지가 있겠어? 아니, 내게는 애초에 선택지가 없었지. ㄱ에게 사과하는 것은 당연한 일이니까. 이제 이 상황에서 무언가 선택할 수 있는 사람은, 너무나 당연하고 해야만 해서 하게 될 내 사과를 받아들이거나 받아들이지 않을 ㄱ, 단 한 사람뿐이잖아.

하지만 내가 그 뻔하고도 당연한 선택지를 고르지 못한 데에는 이유가 있어. 그건 말하기가 아주 부끄럽고도 뻔뻔한 이유야. 내가 ㄱ의 짧아진 머리를 보고 너무나도 잘 어울린다고 생각했던 것과는 비교도 할 수 없을 만큼 민망하고 비겁한 이유에서였어.

그리고 현명하기 짝이 없으신 우리 어머니께서는 나의 침묵을 보고 자연스레 그 이유를 유추하고 마셨지.

엄마	B.
둘째	응.
엄마	너, 무서워하고 있구나.
첫째	엥?
엄마	ㄱ을 만나면 또 코로 화염을 뿜게 될까 봐.
아빠	아…….
엄마	그래서 직접 사과하러 가지도 못하는 거고.
첫째	와. 진짜?
엄마	맞지?
둘째	……응.

폭소가 터졌어. 나를 제외한 가족 전원이 폭소를 터뜨렸어. 못된 인간. 못된 드래곤과 인간 혼혈들. 나는 정말 억장이 무너지더라. 지금 집안의 막내는 부끄럽고 또 무서워서 죽을 것만 같은데, 이 못된 인간과 못된 드래곤과 인간 혼

혈들이 날 비웃어? 어? 야. 이게 웃기냐? 너마저 웃지 마.
야. 진짜 이럴래?

어쨌든 그랬어. 그렇게 미친 듯이 웃음을 터뜨리다가 A
는 눈물마저 흘리더라. 아마 그 광경을 상상했던 것이 분
명하지. 내가 쭈뼛쭈뼛 민망한 표정으로 짝사랑 상대에게
다가가다가 코로 불길을 뿜어내는 그런 장면을 말이야. 그
랬으니 엉엉 울면서 테이블을 주먹으로 내리쳤겠지.

A의 반응은 그 정도에서 멈추지 않았어. 걔는 숨도 쉬지
못하면서, 손을 파르르 떨면서 일어나 냉동실 문을 열었
어. 그러고는 얼음통에서 얼음 두 개를 꺼내고는 내 코에
집어넣었어. 그다음으로는 또 찢어질 듯이 웃기 시작했어.
엄마랑 아빠도 그 모습을 보고서 또 엄청 웃더라. 나는? 나
는 빡쳤지. 엄청 빡쳤지. 둘째 삼촌이 파충류의 눈으로 내
코를 봤으면 새빨갛게, 아니 시커멓게 내뿜는 열기를 목격
했을 거야. 그래서 내 코에서 불길이 뿜어져서 내 코를 막
은 얼음들을 다 녹여 버렸어. 그런데 그걸 보고서 우리 가
족들은 다시 한번 발을 구르면서 폭소를 터뜨린 거 있지.

이걸로 네가 처음에 나한테 했던 질문들에 대한 대답
은 모두 마쳤지 싶다. 그래. 네 질문들의 답은 다 긍정이야.
응. 우리 집에 화재가 나서 건물이 통째로 타 버린 것은 우

리 집의 또라이 같은 가족들 때문에 내가 너무 흥분해서 코로 불줄기를 끊임없이 쏟아 냈기 때문이 맞아. 덕분에 할머니는 어떻게 또 여의주를 품어야 하나 고민하고 계시고. 내가 지금 코에 얼음을 갖다 대고 있는 이유는 A가 몸소 실험한 대응 방법 외에 별다른 수가 떠오르지 않았기 때문도 맞고.

그리고 네가 나한테 했던 마지막 질문에 대해서라면, 응. 그것도 맞아. 나도 너한테는 짧은 머리가 잘 어울린다고, 그렇게 생각해. 진심으로 그렇게 생각해.

작가의 말

「그냥 그런 체질이라서」는 정체성의 문제로 고민하는 아이의 이야기입니다. 청소년기는 자아와 사회의 충돌을 경험해야만 하는 시기이고, 그 충돌은 곧 자신이 누구이고 무엇을 하고 싶은지 깨닫기 위해 필연적으로 수반되는 과정입니다. 주인공이 공주와 공주가 납치한 드래곤이 낳은 자식의 후손이라는 허황된 설정은, 21세기 인류가 고민하는 인종과 지역 그리고 성 정체성의 문제 중 어느 쪽이건 다 추상적인 형태로 연결되어 다룰 수 있게끔, 다만 직접적인 방식이 되지 않게끔 안배한 것이기도 했습니다.

이 작품의 주인공은 자아라는 경계의 안과 밖 양쪽에서 두 가지 고민에 사로잡혔습니다. 인간과 드래곤의 혼혈이라는, 나의 내부에 존재하는—하지만 내가 통제할 수 없이 그저 주어졌을 뿐인—정체성에 대한 고민이 하나. 보기만 해도 기분이 아련한 첫사랑이라는, 나의 외부에 존재하는—도리어 나를 통제할 것만 같은—타인에 대한 고민이 하나. 이 모두 정체성에 대한 고민에 반드시 따르는 문제들이지요.

정체성의 문제가 중심 소재라고 하면 심각하고 어두운 분위기로 이어질 법도 합니다만, 저는 딱히 그런 방향으로 글을 쓰고 싶지는 않았습니다. 그냥 그런 것이고 굳이 더 토를 달고는 하는 현실의 잔인함을 고스란히 재현해서 얻을 수 있는 가치가 분명히 있기야 합니다만, 저는 오히려 현실의 잔인함을 의식적으로 배제하고 그런 것들을 그냥 아무렇지도 않게 다뤄 보는 일 또한 의미 있는 경험이 될 수 있지 않을까 고민하고 있거든요.

작가의 말을 쓰기 전, 가슴 아픈 부고를 들었습니다. 고인은 그저 자신으로 살고자 선택했던 사람이었고, 사회가 안고 있는 부조리에 맞서 싸우던 사람이었습니다. 하지만 나와 다른 누군가를 인정하지 못하고 타인을 박해하는 것으로만 자신들의 정체성을 유지할 수 있는 이들이 그에게 쏟아부은 공격은, 아무리 큰 용기를 지닌 이라 해도 견디기 어려운 폭력이었습니다. 저는 이에 웃음으로 저항하고 사랑으로 연대하고자 합니다. 고 변희수 하사의 명복을 빕니다.

별 별 사이

초판 1쇄 펴낸날 2021년 4월 9일
초판 3쇄 펴낸날 2021년 12월 28일

지은이 김동식 김주영 전삼혜 홍지운
펴낸이 홍지연 | **총괄본부장** 김영숙 | **편집장** 고영완
책임편집 김선현 | **편집** 정아름 전희선 조어진 김미경 | **디자인** 전나리 박태연
마케팅 강점원 최은 이희연 | **관리** 정상희 | **인쇄** 에스제이 피앤비

펴낸곳 ㈜우리학교 | **등록** 제313-2009-26호(2009년 1월 5일)
주소 03992 서울시 마포구 동교로23길 32 2층
전화 02-6012-6094 | **팩스** 02-6012-6092
홈페이지 www.woorischool.co.kr | **이메일** woorischool@naver.com

ISBN 979-11-90337-72-4 43810